龙江颂

。红色经典电影阅读

张照富 改编

中华工商联合出版社

图书在版编目（CIP）数据

龙江颂 / 张照富，严铠改编 .—北京：中华工商
联合出版社，2013.7

ISBN 978-7-5158-0610-5

Ⅰ.①龙… Ⅱ.①张…②严… Ⅲ.①中篇小说—中
国—当代 Ⅳ.①I247.5

中国版本图书馆 CIP 数据核字（2013）第 157928 号

龙江颂

改　　编：	张照富　严　铠
策　　划：	徐　潜
责任编辑：	魏鸿鸣　关山美
封面设计：	赵献龙
责任审读：	郭敬梅
责任印制：	迈致红
出版发行：	中华工商联合出版社有限责任公司
印　　刷：	天津海德伟业印务有限公司
版　　次：	2014 年 3 月第 1 版
印　　次：	2018 年 4 月第 2 次印刷
开　　本：	710mm×1000mm　1/16
字　　数：	190 千字
印　　张：	15
书　　号：	ISBN 978-7-5158-0610-5
定　　价：	29.80 元

服务热线：010—58301130

销售热线：010—58302813

地址邮编：北京市西城区西环广场 A 座
　　　　　19—20 层，100044

http：//www.chgslcbs.cn

E-mail：cicap1202@sina.com（营销中心）

E-mail：gslzbs@sina.com（总编室）

工商联版图书

凡本社图书出现印装质量问
题，请与印务部联系。

联系电话：010—58302915

编 委 会

演职员表

导　　演：谢铁骊

摄　　影：钱　江

美　　工：陈翼云　晓　滨

录　　音：吕宪昌

演　　出：上海京剧团

上海市京剧团《龙江颂》剧组集体改编、演出。

江水英 …………………………………………… 李炳淑

阿坚伯 …………………………………………… 周云敏

阿　莲 …………………………………………… 李元华

李志田 …………………………………………… 马名群

阿　更 …………………………………………… 姚祖福

宝　成 …………………………………………… 张善元

盼水妈 …………………………………………… 孙美华

小　红 …………………………………………… 陆玲娣

粮站管理员 ……………………………………… 计镇华

常　富 …………………………………………… 罗通明

黄国忠 …………………………………………… 刘异龙

剧情说明

1963 年春，东南沿海（福建龙海）某地遇到特大干旱，龙江大队党支部书记江水英到县里开会回来，向社员们传达了县委的指示，介绍了旱区的灾情。

县委决定在龙江大队堤外堵江抗旱。九龙江地势低，旱区地势高，如果筑起拦江大坝，挡住上游水流，逼江水改道，就可以把水送到旱区。江水英坚决执行县委指示，为了支持抗旱，龙江大队不惜损失 300 亩高产田，并放弃一窑砖的副业收入。对此，大队长李志田想不通，希望水英到县委反映龙江大队的实际困难。

这时，暗藏的阶级敌人黄国忠借机四处造谣，说后山有座虎头岩，当地人说，"虎头虎头使人愁，山高坡陡水断流"，这水根本流不过去。水英当场揭穿了这个谣言，并做通了李志田的思想工作。面对龙江大队的损失，水英提出，"堤内损失堤外补"，使损失降低到最小。

筑坝工程开始，解放军也派来部队支援。不料，大坝出现塌方，急需柴草堵住塌方。黄国忠得知大坝急需柴草，顿生一计，通知砖窑提前烧火，企图将柴草烧光。水英及时赶到砖窑，命令砖窑立即停火，将砖窑的柴草全部支援给大坝。后山打通虎头岩工程人手少，难以按时完成，水英从全局出发，抽调龙江大队的人力，支援后山打通虎头岩。

虎头岩打通后，大坝合拢，龙江水流到了后山，但却淹了龙江的良田和房屋。黄国忠怂恿大队长李志田，以拯救龙江的良田和房子为借口，准备破掉大坝，李志田不同意破掉大坝，但听信黄的挑拨准备到坝上关闸。阿坚伯闻讯前来劝阻，遭到李志田的拒绝，就在争执之中水英及时赶来，制止了黄国忠的破坏活动，并将黄国忠逮捕法办。水英当众揭露了黄的罪恶历史，原来黄国忠原名王国禄，解放前是后山地主家的狗腿子，欺压百姓，罪恶多端，解放后，隐藏在龙江大队。

龙江水送到了旱区，解救了九万亩受旱土地。第二年，后山各个生产队都获得丰收，他们为感谢龙江大队高尚的风格，纷纷前往粮站代替龙江大队交粮。粮站管理员解释，龙江大队为支持抗旱淹田受损害，县委指示交粮任务不再摊派给他们，让后山各生产队把代龙江大队交的公粮拉回去，而后山生产队就是不肯。这时，水英和龙江社员们也来粮站送公粮，说龙江大队损失的粮食已经全部补回来了，交公粮是理所当然，建议后山生产队代龙江交的公粮，作为余粮卖给国家。最后，粮站了解清楚各生产队已留足口粮和种子，决定收下所有的粮食。

序

曾经，拾起过草地上被吹落的发黄的银杏叶，夹在了日记里，再打开时，记住了那个秋天里青春的憧憬；

曾经，哼起过电台里被播放的欢快的流行曲，抄在了笔记上，再打开时，记住了那段岁月里相伴的愉悦；

曾经，流连过影院里被放映的精彩的故事片，存在了脑海中，再打开时，记住了那些回味里温暖的片段；

我们的曾经，是记忆的积累，留不住岁月，却留住了记忆。翻开日记时，银杏的纹络依然清晰，打开笔记时，歌词的墨迹仍然青涩。那些往事都留住了，只是在某个时刻，突然想起了那部电影，多少却有些浅忘，因为我们的笔记本里承载不了那么多的信息，只能记在脑海里，在岁月的洗涤中淡却了一些章节。

我们一直致力于电影连环画在读者中的普及，十年间制作了数百本电影连环画，发行量近百万册，在读者中建立了良好的口碑并取得了积极的社会效应。今天，我们将那些存在我们记忆深处的经典电影以图文版的形式制作成册，让我们重新回味那脍炙人口的故事，再度拾起从前那观看电影的快乐时光。

抬一把凳子，再也找不到露天电影；下一段视频，却没有充裕的时间观看；那么，就躺在床上，翻开这一本本图文本，将故事延续到梦里——记得那时年少，记得那时年轻，记得那时……

　　枕边，这一册册的电影图文本，还有一摞摞的日记和笔记本，都是我们记忆中的音符，目光触及时，在心里流淌成歌，相伴过的曾经，把美好的记忆延续到永远。

赵刚

2014 年 3 月 6 日

目　录

第一章

承担重任

1963年春天的一个早晨，东南沿海地区的九龙江畔，在某人民公社龙江大队堤外的田头里，社员们正在进行着紧张的劳动。

　　远处的九龙江，碧波滚滚，屹立在公字闸的江堤上有"人民公社好"五个大字。近处，眼前油绿的麦田呈现出一片丰收在望的景象。

☆1963年春，东海沿岸的九龙江畔，龙江大队的社员们在紧张劳动着。望着眼前油绿的麦田呈现出一片丰收在望的景象，社员们干劲冲天，热情似火："总路线放光芒照耀龙江，大跃进战歌昂响彻四方。人民公社似旭日蒸蒸向上，为革命来种田奋发图强。"

社员们的心情无限好，干劲冲天，热情似火，他们边进行着紧张的劳动，边兴奋地高歌一曲，这时能听到所有的社员齐声唱道："总路线放光芒照耀龙江，大跃进战歌昂响彻四方。"这时，在一起干活的女社员们接着高兴地唱道："人民公社似旭日蒸蒸日上。"等女社员们唱完，大家又一起合着唱起来："为革命来种田奋发图强。"看着这样热闹、热情、干劲十足的场面，真是让人欣慰无比。

　　社员们忙活完一阵子，都收起了手里的劳动工具到一旁休息去了。这时，大队长、支部委员李志田走过来了。在田头，生产小队长李更见到李志田，掩饰不住内心的高兴之情，指着面前长势非常好的麦田，兴奋地说："大队长，你看这堤外三百亩，绿油油的一片，麦秆粗，麦叶宽，长势多好啊！"

☆在田头，生产小队长阿更见到大队长、支部委员李志田，高兴地说："大队长，你看这堤外三百亩，绿油油的一片，麦秆粗，麦叶宽，长势多好啊！"李志田应道："是呀！"随后就问，"阿更，你们八小队施了多少穗肥了？""每亩五斤。"李志田不满意地："才五斤？阿坚伯他们四小队每亩都施了十斤了！"

李志田看着这小麦的长势，心里自然是相当高兴，只听见他应道："是呀。"接着，李志田看着阿更问道："李更，你们八小队施了多少穗肥了？"

　　李更认真地回答道："每亩五斤。"

　　李志田听了之后，有点不满意地说道："才五斤？阿坚伯他们四小队每亩都施了十斤了。"

　　阿更听了之后，惊讶地问道："十斤？"这下阿更的心里有点慌了。

　　正好在这个时候，阿更的妹妹阿莲来了。

　　李志田充满激情地对李更说道："有收无收在于水，多收少收在于肥。咱们大队要夺高产红旗，就靠你们两个小队在这三百亩上打先锋了。"

☆"十斤？"阿更心里有点慌了。李志田充满激情地说："有收无收在于水，多收少收在于肥。咱大队要夺高产红旗，就靠你们两个小队在这三百亩上打先锋了。"阿更的情绪受到感染，痛快地说："好，豁上老本，每亩再加五斤。"

阿更的情绪受到了感染，只见他听了李志田说的话之后，痛快地说道："好，豁上老本，每亩再加五斤肥。"

阿更说完朝前走了两步，又回过头来看着李志田信心百倍地说道："这个高产红旗咱们夺定了。"

☆阿更走了两步，又回头对李志田说："这高产红旗咱夺定了。"他妹妹阿莲是团支部书记，在后面提醒说："哥哥，水英姐去开抗旱会的时候说的什么，你忘了？"阿更爽快地回答："要抓紧春耕。"阿莲急忙补充道："还要支援旱区。咱们这个地区可有三个多月没下雨了。"

阿更的妹妹阿莲是团支部书记。她听了哥哥说的话之后，也很高兴，只见她站在哥哥的身后提醒道："哥哥，水英姐去开抗旱会的时候，说的什么，你忘了？"

阿更在心里根本就没有忘记水英走的时候说的话，只见他微笑着看着阿莲，爽快地说："要抓紧春耕。"

阿莲见哥哥没有把水英姐的话说完，就觉得可能会忘记了，急忙补充着说道："还要支援旱区呢。咱们这个地方可是有三个多月没有下过雨了。"

阿更听阿莲这么一说，就有点不高兴了，只见他抬头瞅了阿莲一眼，满不在乎地说道："没有下雨怕什么？咱们这个地方靠近九龙江，怕涝不怕旱，即使碰上大旱年照样大丰收。"

阿莲听哥哥这么说了，就很不同意他的看法，只见她认真地提醒道："那旱区怎么办呢？"

阿更对于阿莲的问话有自己的看法，只见他满脸微笑地说道："咱们多施肥，多打粮，就是对旱区最大的支援。"

李志田这时在一旁提醒着说道："这还不够，咱们还要用物资去支援。"阿莲听了李志田这么说，就非常赞同大队

☆阿更满不在乎地："没下雨怕什么？咱们靠近九龙江，怕涝不怕旱，大旱年照样大丰收。"阿莲问："那旱区呢？"阿更说："咱们多施肥，多打粮，就是对旱区最大的支援。"李志田在一旁提醒说："这还不够，咱们还要用物资去支援。"阿莲赞同大队长的话，不满地看着哥哥。

长说的话，不满地看着哥哥。

正在说着，这时第四生产小队队长、支部委员阿坚伯和社员宝成运着肥过来了。阿坚伯看到了李志田，上前打招呼："志田！"

李志田看着他们也招呼道："阿坚伯，旧水车修好了吗？"

☆正说着，第四生产小队队长、支部委员阿坚伯和社员宝成运肥走过来，李志田招呼："阿坚伯，旧水车修好了吗？"阿坚伯笑呵呵地回答："都修好了。"阿更不解地问阿坚伯："哎，咱们现在都用抽水机了，还修那旧水车干嘛？"

阿坚伯看着他们笑呵呵地说道："都修好了。"

阿更对阿坚伯修这个旧水车有点费解，只见他来到阿坚伯的跟前，不解地问道："哎，咱们现在都用抽水机了，还修那旧水车干嘛？"

8

听阿更这么说，阿坚伯看着阿更笑着答道："你不知道水英的意思呀！当前抗旱任务重，抓紧农时不放松。旧水车修好自己用……"

☆阿坚伯笑着回答："你不知道水英的意思呀！当前抗旱任务重，抓紧农时不放松。旧水车修好自己用……"阿更问："那抽水机呢？"阿坚伯接着说："抽水机支援旱区阶级弟兄。"

阿更听了之后，还是有点纳闷，就接着问道："那抽水机呢？"阿坚伯听后，则耐心地给阿更解释道："抽水机支援旱区阶级弟兄。"

经阿坚伯这么一解释，大伙儿对于阿坚伯坚持把旧水车修好的事情就恍然大悟了。这时，阿莲看了看大家，佩服地说道："水英姐想得可真是周到啊！"

李志田接着说道："是呀，支援旱区的事儿，等水英回来再说吧。咱们抓紧施肥！"

大家伙儿高兴地说道："好。"

☆经阿坚伯这一解释，大伙儿恍然大悟。阿莲佩服地说："水英姐想得
　可真周到啊！"李志田："是呀，支援旱区的事儿，等水英回来再说。
　咱们抓紧施肥！"说罢，大家分头去干活。

☆宝成挑起肥料包往地里赶，被他爹常富追上。常富拉住他不让走：
　"宝成，走，跟我到自留地施肥去。"宝成不高兴地说："我正忙着给
　队里施肥呢！"常富贴近了说："你不会干完了自己的再给队里干？"
　宝成很反感，甩了一句："爹，要关心集体！"

说完，李志田、阿坚伯、阿莲和阿更都赶紧各自忙活去了。

宝成挑起肥料包就开始往地里赶，这时被他爹常富给追上了。只见常富小跑着来到宝成的跟前，拉着宝成就让他走，嘴里还说道："宝成，走，跟我到自留地施肥去。"

宝成看到爹使劲地拉着自己，心里十分不高兴，就对着常富不高兴地说道："我正忙着给队里施肥呢！"

常富则不这么认为，他心里想的是先干完自己家里的活再来给队里干，只见他趴在宝成的耳边，小声地说道："你不会干完了自己的再给队里干？"

宝成听他爹这么一说，感到很反感，只见宝成脸上很不高兴，朝着常富甩了一句："爹，要关心集体！"宝成一边说着，一边使劲地挣脱了常富的手，急急忙忙挑着肥料

☆宝成说着挣脱开常富的手，急忙挑担跑了。常富生气地冲着宝成远去的身影嘟囔道："嗐，这哪儿像我儿子！"这一幕被两个挑肥路过的社员看见，讥讽地哈哈大笑！常富尴尬地走远了。

就跑了。

常富看着自己养大的儿子，一点也不听自己的招呼，站在那里生气地冲着宝成远去的身影嘟囔道："嘻，这哪儿像我的儿子！"

他们爷俩争吵的一幕，正好被两个挑着肥从这儿路过的社员给看见了，他们忍不住哈哈大笑起来。

常富听到了笑声，他赶紧一转身，看到了自己的不远处有两位社员经过，他赶紧尴尬地走开了。

正在此时，刚从县里开会回来的龙江大队党支部书记江水英回来了。她下了小舟，登上了江岸。百年不遇的旱情、县委刚刚做出在龙江大队堤外堵江抗旱的决定，使她的心情极不平静："担重任乘东风急回村上！面对这波浪翻

☆就在此时，刚从县里开会回来的龙江大队党支部书记江水英，下小舟登上江岸。百年不遇的旱情、县委刚刚做出在龙江大队堤外堵江抗旱的决定，使她的心情极不平静："担重任乘东风急回村上！面对这波浪翻滚的九龙江，岂能让旱区缺水禾苗黄。"

滚的九龙江，岂能让旱区缺水禾苗黄。"

　　江水英对县委的决定完全拥护，但是她也知道执行的时候必定会有思想交锋，她有充分的思想准备和坚定的信心："党决定堵江送水奇迹创，齐动员全力以赴救旱荒。在眼前有一场公私交锋仗，战斗中人换思想地换装。"

☆江水英对县委的决定完全拥护，但是她也知道执行时必定会有思想交锋，她有充分的准备和信心："党决定堵江送水奇迹创，齐动员全力以赴救旱荒。在眼前有一场公私交锋仗，战斗中人换思想地换装。"

　　正当水英陷入沉思的时候，阿莲朝着岸边走过来了，看到了刚刚上岸的水英。阿莲跟上前说道："咦，水英姐！"

　　江水英看到了阿莲，热情地叫道："阿莲。"这时，阿莲朝着远处的人群喊道："哎——水英姐回来喽！"

　　大家伙一听到阿莲喊水英回来了，就赶紧朝着阿莲的方向赶来。大家伙儿齐声喊道："水英！"

　　阿坚伯赶紧走上前，看着水英问道："水英啊，抗旱的会怎么开得这么长啊?"

李志田也着急地问道:"是呀,把大家伙儿都等急了。"

江水英微笑着看着大家伙儿说道:"会议之后,县委又组织我们到旱区看了一下。"

阿坚伯这时焦急地说道:"哦。你快说说旱区的情况。"

于是,大家伙儿围住了江水英,急于听她介绍旱区的灾情和抗旱会的情况。

阿莲见江水英面露疲惫,就说道:"让水英姐喝口水再说嘛!"

江水英看着大家伙儿说道:"慢。我带来一样东西,大家来尝尝。"

☆大伙儿围住了江水英,急于听她介绍旱区灾情和抗旱会的情况。江水英却拿出一壶水,让大家尝尝。阿坚伯喝了一口:"哎呀,好苦啊!"李志田喝了一大口也随即吐出:"噗!噗!嗬,又苦又涩!这是……"江水英告诉大家:"这是从旱区井底打出来的水!""啊!"旱得这么厉害,大家都很惊愕。

说着，江水英从包里把水壶取出来，这时大家伙儿手里都拿着茶杯，江水英给大家一一倒上了水。

阿坚伯喝了一口，赶紧吐了出来，说道："哎呀，好苦啊！"

李志田喝了一口，也随即吐出来，说道："噗！噗！嗬，又苦又涩！这是……"

江水英认真地告诉大家："这是从旱区井底打出来的水！"

"啊！"旱得这么厉害，大家都很惊愕。阿坚伯这时沉重地说道："旱得这么厉害！"

江水英走上前，语气十分沉重地告诉大家："是百年未

☆江水英语气十分沉重地说："是百年未遇的特大干旱！"大家急切地问："怎么办？"阿坚伯和阿莲说："我们赶快去支援。"江水英问："用什么支援呢？"阿坚伯告诉她："抽水机都准备好了！"江水英说："河塘干枯，已无水可抽了！"李志田着急地："那就赶快派人去帮助打井！"江水英回答："小水大渴，也无济于事了！"

遇的特大干旱！"

大家伙听了之后，都看着江水英急切地问道："怎么办？"

阿坚伯和阿莲两个人更是急在心上，焦急地问："那我们赶快去支援吧！"

江水英看了看他们，认真地问："咱们用什么支援呢？"

阿坚伯想了想，对江水英说："抽水机已经准备好了！"

江水英听了之后，很遗憾地告诉阿坚伯："河塘干枯，已经没有水可抽了！"

李志田听了之后，着急地说道："河里没有水了？那就赶快派人去帮忙打井啊！"

江水英这时看着李志田也遗憾地说道："小水大渴，打井也是无济于事的！"

☆大伙儿为难了，急切地看着江水英："那我们用什么去支援呢？"江水英语气坚决地回答："水！"大家一时还不明白："水？"江水英指着眼前的九龙江，告诉大家："九龙江有水能救旱！"

16

听到这儿，大家伙儿也为难了，急切地看着江水英，问道："那我们用什么去支援呢？"

江水英这时看了看大家伙儿，看着大家伙儿那急切的眼神，语气坚决地回答："水！"大家伙儿一听，一时还不明白，一脸疑问地反问道："水？"江水英这时指了指眼前的九龙江，告诉大家："九龙江有水能救旱！"

李志田看看九龙江的水，对江水英说的话疑惑不解，接着他拿起了一个水桶，放在地上比作龙江水，挥臂对着大家伙儿说道："九龙江地势低，旱区地势高，这水怎么能上去呢？"

听了李志田说的话，大家都围了上来看着，也都陷入了沉思：志田说的有道理啊。

☆李志田看看江水，疑惑不解，他拿个水桶放在地上比作龙江水，挥臂说道："九龙江地势低，旱区地势高，这水怎么能上去呢？"江水英回答："咱们提高水位！""提高水位？"大家还不太明白。李志田问："怎么提高？"江水英答道："堵江。"大家一致称赞："好办法呀！"

　　江水英看到大家都沉默不语，也知道了大家的担心，不过她已经有了自己的想法。她看了看大伙儿，语气肯定地说："咱们得提高水位！"

　　大家伙儿一听，觉得有点费解，惊讶地说："提高水位？"大家还是不明白。李志田接着问："怎么提高？"

　　江水英爽快地说："堵江。"

　　大家听了之后，觉得这个想法好，一致齐声说道："好办法呀！"

　　李志田想了一下，看着江水英急切地问道："在哪儿堵江？"

　　江水英转过身去，面对着九龙江，指了指不远处的坝上，对大家伙儿说道："就在这儿！"

☆李志田却着急地问："在哪儿堵江？"江水英指着坝上说："就在这儿！""在这儿？"李志田大吃一惊，这不是自己家门口吗！

　　"在这儿？"李志田听了之后有些诧异，立刻顺着江水英的手指看去，不由得大吃一惊：水英手指的不正是自己家门口吗？这是怎么一回事啊？

　　江水英看着李志田，坚定地点了点头，说："对。咱们就是要在这儿筑起一条拦江大坝。"

　　大家伙儿听了之后，看着江水英惊讶地问道："拦江大坝？"

　　江水英点了点头，对着大家伙儿信心十足地说道："拦住上游水流。"

　　大家伙儿被江水英的这一席话给说糊涂了，都看着江水英，愣在了那里，疑惑地问道："拦住上游水流？"

　　面对大家伙儿的疑惑，江水英接着说道："是的。咱们就是要逼着江水改道，流进这公字闸门。"说到这儿，江水英稍微停顿了一下，接着她提起跟前的一个水桶，向着空中划了一条弧线，对大家伙儿形象地说道："顺着九湾河，

　　☆"对。就在这儿，筑起一条拦江大坝，挡住上游水流，逼着江水改道，流进这公字闸门。"江水英提起水桶向空中划出一条弧线，形象地说道，"顺着九湾河，把水送到旱区！解救那九万亩受旱良田。"

把水送到旱区！"随后，江水英双眼坚定地看着远方，慷慨激昂地说道："咱们要解救那九万亩受旱的良田。"

听到堵江抗旱的具体方案后，李志田欲言又止，大家也都沉默无语，各有所思。江水英观察了一下大家的情绪，显然每个人都在做着激烈的思想斗争，这也是她预料之中的正常现象。

☆听到堵江抗旱的具体方案后，李志田欲言又止，大家也都沉默无语，各有所思。江水英观察了一下大家的情绪，显然每个人都在做激烈的思想斗争，这也是她预料之中的正常现象。

江水英走近李志田，想征求一下他的意见。江水英看着李志田问道："志田，你看呢？"

李志田是一个心直口快的人，毫不避讳地说出了自己的想法："在这堤外堵江，水位提高，流到旱区，可咱们三百亩这么好的庄稼不是全淹了吗?!"

江水英听了李志田说的话，耐心地劝导着他："俗话说，'甘蔗没有两头甜'，我们应当做出必要的牺牲!"

☆江水英走近李志田，征求他的意见。李志田心直口快，说出了自己的想
法："在这堤外堵江，水位提高，流到旱区，可咱们三百亩这么好的庄稼
不是全淹了吗?!"江水英劝导他："俗话说，'甘蔗没有两头甜'，我们应
当做出必要的牺牲!"

　　阿莲他们明白了江水英的意思，很赞同她的话。可是
李志田却不这么想，他突然猛地站起身，带着责问的语调
大声说："这群众的工作怎么做呀?"

　　江水英看了看李志田，认真地说："我看，在这个问题
上，关键是看咱们干部。"

　　这时，在一旁考虑良久的阿坚伯明确地表明了自己的
态度："县委已经决定了，咱们就应当坚决执行!"

　　李志田听阿坚伯这么坚决地表明了自己的态度，顿时
无话可说了。

　　江水英看着大家伙儿有的从心里还不是很愿意，他们

☆阿莲她们很赞成江水英的话。李志田却猛地站起身，责问道："这群众
工作怎么做呀？"江水英回答："关键在咱干部。"在一边考虑良久的阿
坚伯明确表态："县委已经决定了，咱们就应当坚决执行！"李志田顿时
无话可说。

虽然没有说话，但是从面部的表情可是看出他们的内心是
不同意自己的这个决定的。江水英细细地思考了一下，当
即决定："等一会儿咱们开个支委会，重新学习党的八届十
中全会公报，统一思想。"

阿坚伯一听，很同意江水英的这个想法。李志田虽然
心里不是很乐意，但是表面上还是勉强同意了江水英的这
个决定。

一直站在一旁的阿莲，赶紧向江水英积极建议："水英
姐，我们团支部也讨论一下吧？"

江水英听了阿莲的建议，觉得这个建议很好，点点头，
表示同意了。阿莲看江水英同意了自己的建议，心里非常

高兴。

江水英接着对着大家伙儿说道："好。咱们分头通知。"

☆江水英当即决定："等会儿咱们开个支委会，重新学习党的八届十中全会
公报，统一思想。"阿坚伯赞成，李志田勉强同意。阿莲积极建议："水英
姐，我们团支部也讨论一下吧?""好。咱们分头通知。"江水英高兴地和
阿坚伯、阿莲他们去安排开会的事情。

说完，江水英高兴地和阿坚伯、阿莲他们一起去安排
开会的事情。

大伙儿都分头走了，李志田一个人呆立在那儿，心里
乱糟糟的。他望着那绿油油的三百亩高产田，想到几天后
这里就要被水淹没，怎么能不令人心痛？李志田走到地头，
心情复杂地拔起一把绿麦苗，沉闷地凝思起来……

阿更满怀喜悦地挑着化肥快步走来，一边走一边喊着：
"快快快，加油干！"

阿更刚走到堤岸边，就被正在那儿凝思的李志田给喝

☆李志田一个人留在那儿，望着绿油油的三百亩高产田，想到几天后这里就要被水淹没，怎能不令人痛心！李志田走到地头，拔起一把绿麦，沉闷地凝思起来……

住了。李志田面色阴沉地大声地喊道："别干了！"

阿更看着李志田心中十分纳闷：队长刚才还觉得自己上肥上得少，现在又不让干了，这是为什么啊？阿更看着李志田满怀疑惑地问："为什么别干了？"

李志田的心里像翻倒的五味瓶，很不是滋味，看阿更还在这么不解地问自己，就不耐烦地说道："叫你别干就别干嘛！"

李志田这么回答阿更，阿更更加觉得费解了。李志田平常很少这样的，虽然有时候也会发脾气，但是不会这么无缘无故的，阿更对刚才堤岸那边发生的事情是全然不知的。阿更看着李志田问："嘿？刚才你还说加五斤，加五斤，可现在……"

李志田看阿更还在自己面前抱怨，就气呼呼地说道："刚才是刚才，现在是现在。"

☆阿更满怀喜悦地挑着化肥快步走来，边走边喊着："快快快，加油干！"走近堤岸，被李志田喝住："别干了！""为什么别干了？""叫你别干就别干嘛！"阿更不解地："嘿？刚才你还说加五斤，加五斤，可现在……"李志田气呼呼地说："刚才是刚才，现在是现在。"

阿更放下了肩上挑着的肥料，来到李志田的跟前，关切地问道："到底是怎么回事？"

李志田刚才也是一肚子的烦躁，无处发出来，看到阿更过来，就控制不住自己的情绪了。这时，李志田的情绪也稍微好些了，就看着阿更有点闹心地说道："要在这堤外堵江救旱！"

阿更一听，非常吃惊，他的心里很明白如果这样做了，后果将会是怎么样。只见他诧异地看着李志田，问道："啊？这三百亩不是全完了吗？"

李志田也气愤地说道："那还能不完啊！"

阿更看着李志田接着追问道："那我们八小队怎么办？这关系到夏熟分配，早季插秧，还有小队的红旗……"

是啊，这些李志田的心里都非常清楚。李志田看着阿更一脸焦急的样子，也无奈地说道："大队红旗都保不住了，还提什么小队红旗！"

阿更看李志田就这样要放弃保住这三百亩麦田，就更加着急地说："这可是快到手的十几万斤粮食啊！大队长，你不能不管哪！"

☆李志田告诉阿更要在这堤外堵江救旱。阿更大惊："啊？这三百亩不是全完了吗？那我们八小队怎么办？这关系到夏熟分配，早季插秧，还有小队的红旗……""大队红旗都保不住了，还提什么小队红旗！"阿更着急地："这可是快到手的十几万斤粮食！大队长，你不能不管哪！"李志田烦躁地："我？瞎！别说了，县委决定，咱就执行！"

阿更的这一句把李志田给问住了，可是他也没有办法啊！只见他张着嘴看着阿更，惊讶地说道："我？"是啊！

李志田何尝愿意啊，可是这不是没有办法的事吗？这也不是他李志田自己能决定的事情。

他烦躁地对着阿更说道："唉！"说完，他转身就要走。

阿更焦急地喊道："大队长！大队长！咱们怎么办啊？你得想想办法啊！"

李志田摇了摇头，转身无奈地看了阿更一眼，叹了一口气说："别说了，县委决定的，咱就执行吧！"

第二章

丢卒保车

晚上，皎洁的月光洒在李志田的家门口，门框上贴着一副对联："翻身不忘共产党，幸福全靠毛主席。"门前的场地上有一张小竹桌，这是他们家吃饭用的餐桌，上面已经摆上了一些饭菜，现在还没有吃。桌子的旁边摆着两把竹椅。

尽管白天已经开过支委会，但是大家的心里也有不满意，想到这辛辛苦苦种的麦子，马上就要到手，却就这样

☆当天晚上，大家统一了认识。此时，李志田站在家门口，眺望麦田，仍坐立不安，吃不下饭："眼望着堤外的庄稼苗壮茂盛，麦浪起伏我的心翻腾。支委会讨论了堵江决定，三百亩将被淹叫人心疼。"

要被淹了，心里很不是滋味，但是在江水英的劝说下，为了干旱的地区能有救，大家也勉强统一了认识。

此时，李志田根本也没有心思吃饭。他站起来走到家门口，眺望着就近在眼前的麦田，仍然心潮澎湃，寝食难安："眼望着堤外的庄稼苗壮茂盛，麦浪起伏我的心翻腾。支委会讨论了堵江决定，三百亩将被淹叫人心疼。"

常富也听说了这件事，他这时急急忙忙地跑过来找李志田。常富看到李志田站在他家的门口，赶紧上前，着急地问道："大队长，听说要在咱们这儿堵江，是真的吗？"

李志田本来心情就不好，听到常富这么来问自己，就没有好气地问道："还能假？马上要开动员大会了！"

常富看李志田也是不高兴，又接着追问道："那你同意了？"

李志田心里想，我不同意能有什么办法。这时他也没有

☆常富急匆匆来找李志田："大队长，听说要在咱们这儿堵江，是真的吗？"
李志田没好气地说："还能假？马上要开动员大会了！""那你同意了？"
"这是县委的决定！"李志田不耐烦地回答，说着在竹椅子上坐下。

　　好心情给常富细细地解释，就不耐烦地说道："这是县委的决定！"说着，他就走到院子里在竹桌子边的竹椅子上坐下了。

　　常富一听，知道这件事不但是真的，而且也是已经决定下来了，不能再改变了。此时常富心里非常生气，拍胸顿足地说道："完了，那堤外还有我的自留地！"

　　这都什么时候了，常富还只是在心里想着自己家里的那点地。听了常富这么一说，李志田看着他批评道："哎呀，大家都为集体操心，可你净顾那块自留地！"

　　常富可不是这么想，他的心里很不舒服，看着李志田生气地说道："我那自留地上种的都是麦子呀！"

　　李志田听到这儿，没有好气地说道："你的麦子，大队补给你！"

　　常富接着又说道："我那是高产田哪！十赔九不足！"

☆常富一听，拍胸顿足："完了，那堤外还有我的自留地！"李志田批评他："哎呀，大家都为集体操心，可你净顾那块自留地！""我那自留地上种的都是麦子呀！""你的麦子，大队补给你！""我那是高产田哪！十赔九不足！"常富整天斤斤计较个人得失，闹得李志田也不知该怎么劝他为好。

李志田被常富说得一时语塞,气得说不上话来。常富整天斤斤计较个人得失,闹得李志田也不知道该怎么劝他才好了。

　　正在这时,烧窑师黄国忠走进了李志田家的院子。常富上前一把拉住黄国忠,让他给评评理:"黄国忠,你说说……"

　　黄国忠一把把常富给推开了,没有好气地说道:"好了,好了。常富哥,大队长为了堵江的事,伤透了脑筋,别再给他添麻烦啦!"听黄国忠根本就不服自己的理,常富自己觉得没趣,就自己走了。

☆这时,烧窑师傅黄国忠走进院来。常富一把拉住他,让给评理:"黄国忠,你说说……"黄国忠推开常富:"好了,好了。常富哥,大队长为了堵江的事,伤透了脑筋,别再给他添麻烦啦!"常富自觉没趣,走开了。

　　见常富走了,黄国忠指着常富的背影说道:"哼,他就是自私自利!"说完,黄国忠走近李志田,看着李志田问

道:"大队长,堵江什么时候开工?"

李志田这时还是很心疼那三百亩麦子,不甚在意地对黄国忠说道:"今晚动员,马上就开工。"

黄国忠听李志田说完,立即显得特别高兴:"好!好主意啊。堵江救旱就是好!"

李志田坐在那里却无动于衷。

☆黄国忠指着常富的背影说:"哼,他就是自私自利!"他走近李志田问:"大队长,堵江什么时候开工?"李志田不甚在意地回答:"今晚动员,马上就开工。"黄国忠一听,立即显得特别高兴地说:"好,堵江救旱就是好!"李志田坐在那里却无动于衷。

黄国忠看到李志田无精打采的样子,就佯装着故意走到他的身旁,仿佛是自言自语,又仿佛是说给别人听:"唉!要是没有虎头岩挡道那就更好了!"

"虎头岩"这三个字像是让李志田想到了什么,这时他注意到了黄国忠说的话,就抬起头来,看着黄国忠连忙问:"什么,虎头岩?"

☆黄国忠看了看李志田没精打采的样子，故意走到他身旁，像是自言自语，又像是说给别人听："唉！要是没有虎头岩挡道那就更好了！"李志田注意到了，忙问："什么，虎头岩?"这时正好江水英来找李志田，走进院门。

☆黄国忠的话也引起了江水英的注意。她关注地看着黄国忠的言行举动。

正在这时，江水英来找李志田，正好走进了李志田家的院子。

黄国忠的话也引起了江水英的注意，她关注地看着黄国忠的言行举动。

这时，黄国忠神秘地对李志田说："难道你不知道，咱们后山有座虎头岩？当地人说，虎头虎头使人愁，山高坡陡水断流。这水根本流不过去！"

李志田听黄国忠说完，惊讶地问："流不过去？"

黄国忠认真地说："是啊，真的要是像传说的那样，恐怕咱们这三百亩就白淹啦！"

☆黄国忠诡秘地说："你不知道，后山有座虎头岩。当地人说，虎头虎头使人愁，山高坡陡水断流。这水根本流不过去！"李志田吃惊："流不过去？""是啊，这样恐怕三百亩就白淹啦！"

李志田一听，陷入了深深的沉思之中。

这时，站在李志田家院子门口的江水英走到黄国忠的身旁，她看了看黄国忠，然后说："烧窑师傅，你对后山很熟悉呀！"

黄国忠见是江水英过来了，心中顿时一惊，慌忙掩饰着说："不，我也是听别人说的，据说后山真有一个虎头岩。"

江水英点点头，认真地说："这个问题，我们抗旱会上已经讨论过了。"

☆这时，江水英走到黄国忠身旁："烧窑师傅，你对后山很熟悉呀！"黄国忠一惊，忙掩饰道："不，我也是听别人说的，是有个虎头岩。"江水英说："这个问题抗旱会讨论过了。"

李志田一听江水英这么说，立刻站起来，看着她问："怎么解决？"

☆李志田急切地问江水英："怎么解决?"

江水英看着李志田说："县委作了部署，咱们这儿堵江，后山动工打通虎头岩。"

☆江水英说："县委作了部署，咱们这儿堵江，后山动工打通虎头岩。"黄国忠听说县委已有部署，立即改口："那好，那好！你们忙吧，我去准备准备，明天参加堵江!"说完，赶紧离开了。

黄国忠听说县委已经作了部署，立即改口说道："那好，那好！你们忙吧，我去准备准备，明天参加堵江！"说完，他就赶紧离开了。

黄国忠走后，江水英看着李志田家竹桌上摆着的饭菜丝毫没有动的样子，就问："志田，你还没有吃饭哪？大嫂呢？"

李志田此刻仍然是满腹心事，心情沉重地说："开会去了。"

江水英说："那你也别饿着啊，快吃饭吧。"

李志田一脸心事地说："这时候，吃什么也吃不香。"接着他抬起头，看着江水英，恳切地说，"水英，咱们是不

☆黄国忠走后，江水英劝李志田赶快吃饭。李志田哪里吃得下？他恳切地说："水英，咱们是不是把困难向县委反映一下？"江水英微笑道："咱龙江大队可从来没把困难上交过呀！"李志田坐下，缄默无言。江水英关心地问："你这个炮筒子，今天在支委会上怎么闹起来了？我真担心，要是咱们心里有疙瘩，怎么能带头打好这一仗？！"

是把困难向县委反映一下？"

江水英微笑着看了看李志田说："咱龙江大队可从来没有把困难上交过呀！"

李志田听了以后，呆呆地坐下来，缄默无言。

江水英看着一脸不悦的李志田，接着问："你这个炮筒子，今天在支委会上怎么闷起来了？这可不是你的性格啊。"

李志田看着江水英，一时语塞，支支吾吾地说道："我……"

江水英没有理会李志田的样子，接着说："我真担心，要是咱们心里有疙瘩，怎么能带头打好这一仗？！"

☆李志田终于开口了："你想，这一堵江，淹了三百亩这么好的庄稼。虽然县委给咱们补助，可是补不了我的高产指标，补不了我的超产分红，补不了我的晚季损失，补不了我的……"江水英总算明白了李志田心里的疙瘩究竟是什么，站起来打断了他的话："问题就在这儿，你怎么净想'我的，我的'。"

李志田这时再也忍不下去了，他终于开口了，把自己心里的担心都说出来了："你想，这一堵江，淹了三百亩这么好的庄稼。虽然县委给咱们补助，可是补不了我的高产指标，补不了我的超产分红，补不了我的晚季损失，补不了我的……"

江水英总算明白了李志田心里的疙瘩究竟是什么，站起来断然地打断了李志田的话，生气地说："问题就在这儿，你怎么净想'我的，我的'。"

李志田听江水英这么说自己，心里很不高兴。他生气地站起来辩解道："我的？我说的'我的'都是咱们集体的！"

江水英看着李志田严肃地说："不错，是集体的，可是

☆李志田辩解："我的？我说的都是集体的。"江水英说："不错，是集体的，可这是个小集体，仅仅是一个点！在抗旱这盘棋上，它只是个卒子。咱们应该从全局着眼哪！好比你们下棋，为了顾全大局，争取主动，有时就不得不丢掉某一个子，你不是常说'丢卒保车'吗？"李志田不服："这是种田，又不是下棋。"

这是个小集体，仅仅是一个点！"

李志田听江水英这么说，立刻犹豫了一下，不解地问："一个点？"

江水英点点头，接着说："在抗旱这盘棋上，它只是个卒子。"

李志田听江水英这么一说，就更加生气了。只见他扬起右手，大声地说道："卒子？好大的卒子，三百亩哇！我的支部书记！"

江水英耐心地劝解着情绪激动的李志田："志田，咱们应该从全局着眼哪！这就好比你们下棋，为了顾全大局，有时候就不得不丢掉某一个棋子。你们不是常说'丢卒保车'吗？"

☆江水英说："淹掉多少，解救多少，你应该懂得算账。"李志田说："我又不是会计。"江水英严肃地指出："这个道理你应该懂得。"李志田气冲冲地说："我懂，我懂得小麦被水淹了就没有收成，我懂得大田被水冲了肥料就会流失，土质受到影响，修整需要劳力，晚季生产受损。这一切，你都想过没有？"

李志田对江水英这样的比法，很是不服气："那能一样么？这是在种田，又不是在下棋。"

江水英看李志田今天这么固执，也有点生气了，有一些不客气地说："淹掉多少，解救多少，你应该懂得算账。"

李志田心里更加生气了，没有好气地说："我又不是会计，我不会算什么账！"

江水英对李志田严肃地说："这个道理你应该懂得。"

这两个人在这儿是越说越生气了，只见李志田瞅着江水英气冲冲地说："我懂，我懂得小麦被水淹了就没有收成，我懂得大田被水冲了肥料就会流失，土质受到影响，修整需要努力，晚季生产受损。这一切，你都想过没有？"

☆江水英意味深长地说："这大田是咱们亲手开，这庄稼是咱们亲手栽，怎么能不想啊！"她深情地回忆起当年情景，"几年前这堤外荒滩一片，是咱们用双手开成良田。冒冬雪迎春寒长年苦战，才使这荒滩变成米粮川。"

　　江水英看着李志田意味深长地说道："这大田是咱们亲手开，这庄稼是咱们亲手栽，怎么能不想啊！"她深深地回忆起当年的情景，"几年前这堤外荒滩一片，是咱们用双手开成良田。冒冬雪迎春寒长年苦战，才使这荒滩变成米粮川。"

　　听到这儿李志田接过江水英的话茬，反问道："为垦荒咱流过多少血和汗，为垦荒咱度过多少暑和寒。开拓出肥田沃土连年得高产，难道你竟忍心一朝被水淹？"

☆李志田接过话头，反问道："为垦荒咱流过多少血和汗，为垦荒咱度过多少暑和寒。开拓出肥田沃土连年得高产，难道你竟忍心一朝被水淹？"

　　江水英又把顾全大局的道理耐心地给李志田讲一遍："你只想三百亩夺取高产，却不疼九万亩受灾良田。那九万亩，多少人流过多少血和汗？那九万亩，多少人度过多少暑和寒？咱怎能听任江水空流去，忍受那似火的旱情在蔓延？"

☆江水英又把顾全大局的道理耐心地讲一遍："你只想三百亩夺取高产，却不疼九万亩受灾良田。那九万亩，多少人流过多少血和汗？那九万亩，多少人度过多少暑和寒？咱怎能听任江水空流去，忍看那似火的旱情在蔓延？"

☆江水英进一步描绘了堵江抗旱可能换来的美好远景："一花独放红一点，百花盛开春满园。在今日牺牲一块高产片，可赢得那后山，九万良田，得水浇灌，稻浪随风卷，大旱年变成丰收年。"经江水英这一指点，李志田有所触动："按理说是应该丢……那就丢吧！"

江水英进一步描绘了堵江抗旱可能换来的美好远景：
"一花独放红一点，百花盛开春满园。在今日牺牲一片高产
片，可赢得那后山，九万良田，得水浇灌，滔浪随风卷，
大旱年变成丰收年。"

　　经江水英这么一指点，李志田的心里有所触动了。他
想了想，还是有些不情愿地说："按理说是应该丢……"随
后一思索，又接着说道，"那就丢吧！"

　　江水英看着李志田的思想通了，心里非常高兴，听了
刚才李志田说的话，她又不同的看法，她接着说道："不！"

　　李志田听江水英这么一说，就有点不明白了，自己已
经同意了这么做，江水英怎么还不同意了呢？他看着江水

☆江水英却说："不！一方面是要丢卒保车，另一方面咱们还要自力更生，
想办法尽量补回损失。"李志田问："补回？怎么补？"江水英生动地讲
述道："我反复考虑过，是不是有这样的可能：堵江后咱们把力量扑在
堤内三千亩上，努力提高亩产量，把堤外的损失从堤内补回来。"

47

英一脸纳闷地问道："怎么？"

江水英看着李志田面带微笑地说道："咱们一方面是要丢卒保车，另一方面咱们还要自力更生，想办法尽量把损失补回来。"

李志田听了之后，有些不明白江水英的话，接着问："补回？怎么补？"

江水英生动地给李志田讲起自己的想法："我反复考虑过，是不是有这样的可能：堵江后咱们把力量扑在堤内三千亩上，努力提高亩产量，把提外的损失从堤内补回来。"

听江水英这么一说，李志田觉得很有道理，只见他一下子兴奋起来了，看着江水英着急地说道："什么？什么？你再说一遍。"

☆李志田一下兴奋起来："什么？什么？你再说一遍。"江水英又重复一遍："堤外损失堤内补！如果，咱们再把副业抓紧……"李志田马上明白了："那就是农业损失副业补！哎，有道理！这么说，堵江没问题了。"

　　江水英见李志田的积极性一下子被自己调动起来了，就微笑着重复了一遍："堤外损失堤内补！"

　　李志田这下听清楚了，只见他带着疑问重复道："堤外损失堤内补？"

　　江水英接着说道："如果，咱们再把副业抓紧……"李志田不等江水英把话说完，马上就明白了，连忙打断了江水英的话，兴奋地说："那就是农业损失副业补？"

　　江水英微笑着朝着李志田点点头，表示就是这个意思。

　　李志田接着说："哎，有道理！这么说，堵江就没有问题了。"

　　"没问题？"江水英看着李志田提醒道，"志田，咱们堵

☆"没问题？"江水英提醒道，"志田，咱们堵江救旱，敌人一定怕得要死，恨得要命，想方设法进行破坏。咱们要遵照毛主席的教导：'千万不要忘记阶级斗争'。"李志田说："是啊，一定把四类分子管得老老实实的！"江水英特别强调："还要注意暗藏的敌人！"

江救旱，敌人一定怕得要死，恨得要命，想方设法进行破坏。咱们要遵照毛主席的教导：'千万不能忘记阶级斗争'。"

李志田听了，也非常同意江水英的看法，认真地说："是啊，一定把四类分子管得老老实实的！"

江水英最后特别强调："还要注意暗藏的敌人！"

李志田点点头，说道："对。"说完，就要朝着院子外面走去。思想统一后，李志田就要出去找人布置任务。

江水英拦住李志田问："到哪儿去？"

李志田愣了一下，回头站住看着江水英说："找阿更布置任务。"

江水英对李志田认真地说："你先完成这个任务。"

☆思想统一后，李志田要去找阿更布置任务。被江水英叫住："你先完成这个任务——吃饭！"江水英见饭凉了，嫂子又不在家，便端起碗去帮他热饭。

李志田不解地看着江水英，心里想这儿还能有什么任务，就问道："什么任务？"

江水英指了指李志田家的饭桌说："吃——饭！"

李志田听了之后，哈哈哈大笑了起来。

江水英低头用手摸了一下桌子上饭碗，说道："哟，饭凉了。"见嫂子不在家，江水英接着说道："我给你热热去。"说着便端起了桌子上的饭碗去帮李志田热饭去了。

正在这时，阿更来到了李志田的家里。见李志田在院子里，阿更上前问道："大队长！支委会是怎么讨论的？"

☆这时，阿更跑来问李志田："大队长！支委会怎么讨论的？"李志田高兴地回答："那还用问，坚决堵江！""那我们小队的损失……""给你们补助嘛！""补助？我们小队是高产片！""嗨，你怎么老想你那一个点。"阿更几乎要叫起来："一个点？那么大一片哪！"

51

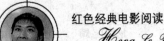

李志田这时一改之前的消沉的情绪，看着阿更，面带微笑，率直地说道："那还用问，坚决堵江！"

阿更这时也担心地说道："那我们小队的损失……"

李志田毫不犹豫地说道："给你们补助嘛！"

阿更看着李志田接着说道："补助？我们小队是高产片！"

李志田看阿更和自己之前的想法一样，就拍拍阿更的肩膀，说道："嘻，你怎么老想你那一个点。"

阿更一听，几乎要叫起来了："一个点？那么大一片哪！"

李志田接着对阿更解释道："在抗旱这盘棋上，它只是个卒子。"

阿更看着李志田，之前李志田还不是这样的态度，还是一脸的愁容，还有对这片麦田的不舍，可现在这是什么想法，就不解地问道："卒子？"

李志田耐心地给阿更解释道："嗯，比如咱们下棋，为了取得胜利，有时候就不得不丢掉某一个子。这叫什么你知道吗？"

阿更被李志田说得稀里糊涂的，一脸诧异地看着李志田问道："什么？"

李志田认真地说："这叫'丢卒保车'！"

阿更听了之后，不由自主地反问道："丢卒保车？"

这回，李志田把江水英刚才给自己讲的顾全大局，丢卒保车的道理给阿更详细地讲解了一遍，然后看着阿更问道："通了吧？"

阿更心里想，这样的大道理谁都会说，可社员的实际生活怎么办？他噘着嘴对着李志田生气地喊道："没通！"

李志田见自己说了这么半天，阿更竟然还没有明白过来，就没有好气地熊他："直通通地转不过弯来，堤外损失就不能想办法从堤内补回来？"

阿更也没有好气地反驳道："堤内补，我们小队没事干。"

☆这回，李志田把江水英刚才对他讲的顾全大局，丢卒保车的道理又对阿更讲了一遍，然后问："通了吧？"阿更心想，这大道理谁都会说，可社员的实际生活怎么办？他噘嘴喊道："没通！"李志田熊他："直通通地转不过弯来，堤外损失就不能想办法从堤内补回来？"阿更反驳道："堤内补，我们小队没事干。"

看阿更还没有明白自己话的意思，李志田进一步提醒道："你不会来一个农业损失副业补？"

阿更还是不明白，而且还是很生气，一脸烦躁地说："什么？副业补？什么副业？"

李志田则认真地说："烧窑。"

这时，阿更忽然明白过来了，用手使劲地拍了一下自己的脑袋，脸上的愁容也散去了，露出了笑容，说道：

"哎，有道理。"

随后阿更想了一下，一拍大腿，跳了起来，高兴地说道："烧一窑砖就是两千块钱哪。这个任务就交给我们吧！"

这时李志田也非常高兴，他就开始布置了任务，对阿更说道："行，你马上组织劳力上山砍柴，准备开窑烧砖！"

阿更听了之后高兴地说道："好，这一下保证补回损失！"说完，阿更高兴地跑走了。

☆李志田提醒阿更："你不会来一个农业损失副业补？"阿更还不明白："什么？副业补？什么副业？""烧窑。""哎，有道理！"阿更跳了起来，"烧一窑砖就是两千块钱哪。这个任务交给我们吧！"李志田高兴地布置任务："行，你马上组织劳力上山砍柴，准备开窑烧砖！""好，这一下保证补回损失！"阿更兴奋地跑走了。

阿更走了以后,阿坚伯、阿莲、宝成和社员们一起过来了,边走边喊着:"水英!"

江水英听大家伙儿喊自己的声音,赶紧从屋里走了出来。

阿坚伯上前赶紧说道:"我们贫下中农学了毛主席著作,大家伙儿都说,淹三百,救九万……"

阿坚伯说到这儿,扭头看了看大家伙儿,大家伙儿齐声说道:"我们干!"

等阿坚伯说完,阿莲和青年们也雄心壮志地说道:"我

☆这时,阿坚伯、阿莲、宝成等社员来找水英。阿坚伯说:"我们贫下中农学了毛主席著作,大伙都说,淹三百,救九万,我们干!"阿莲和青年们说:"我们共青团员学了毛主席著作,组织了青年突击队,冲上堵江第一线!"他们告诉水英:"大伙还想了好些补救办法,堤外损失堤内补!农业损失副业补!早季损失晚季补!小麦损失杂粮补!一定能补回来!"

们共青团学了毛主席著作，组织了青年突击队，冲上堵江第一线！"

这时阿坚伯还给江水英说："大家伙儿还想了好些补救办法。"

李志田看着大家伙儿问："什么办法？"

阿坚伯看着李志田高兴地说："堤外损失堤内补！"

阿莲也信心十足地说："农业损失副业补！"

这时，一位男社员也兴奋地说："早季损失晚季补！"

宝成也想出来了一个补救办法，也对李志田说："小麦损失杂粮补！"

听着这些办法，大家伙儿非常有信心地齐声说："一定能补回来！"

江水英看到大家纷纷表态，而且大家的态度是如此坚

☆江水英看到大家纷纷表态，坚决支持堵江抗旱，更加增强了信心，大声说道："对！人民公社力量大，定叫低水……"社员们齐声响应："上高山！"

决。看着大家坚决支持堵江抗旱，江水英的心里非常高兴，这下她更加增强了信心，看着大家大声地说道："对！人民公社的力量大，定叫低水……"

社员们这时齐声响应："上高山！"

大家伙说干就干，江水英随即下达了堵江的任务，大家就赶紧拿着自己工具开始干上了。

堵江几天后的一个下午，筑坝的工程正在紧张地进行着。县委从各方调集了许多劳力到这里来突击，解放军也派来了部队增援。

　　工地的一角，红旗招展。宣传牌上贴着决心书。战士和民工们正在忙着抬石头和运土，人来人往。这时龙江大队的一个社员挑了一担茶水桶过来了，手里端着茶杯，招

　　☆几天后的下午，筑坝工程正在紧张进行，县委从各方调集了许多劳力到这里来突击，解放军也派来部队增援。工地上，红旗招展，战士和民工们抬石运土，人来车往。龙江大队的一个社员挑了一担茶水桶，招呼大家喝水休息，可是谁也不肯歇下来喝口水。

呼着大家喝水。

这个担水桶的男社员对着大家伙喊："哎——大伙喝口水再干吧！"看大家还在只顾忙着自己手里的活，谁也没有停下来喝水。这位社员对着自己附近的另一个社员说道："喝口水吧！"可是现在谁也不肯歇下来，都在继续劳动着。

送水的社员看阿莲走过来了，见没有人过来喝水，就只好把阿莲给拦下了，并亲切地说道："阿莲，歇会儿。"

阿莲高兴地忙对送水的社员说："今晚大坝就要合龙了，谁歇得下来啊！"

送水的社员拉住阿莲说："不休息还行？你是团支部书记，就带个头吧！"说完，就将手里的茶杯递给了阿莲。

☆送水的社员只好把阿莲拦下，阿莲说："今晚大坝就要合龙了，谁歇得下来！"正好后山的一位民工过来，阿莲让他喝："你们从早晨一直干到现在，连口水都不肯喝，叫我们真过意不去。"后山的民工说："龙江大队为我们旱区堵江淹田，水英同志又带着你们起早摸黑地猛干，还关心我们的生活，叫我们说什么好呢？"

正好这时后山的一个民工走了过来，阿莲上前亲切地说："同志，喝口水。"

那个民工对阿莲摆摆手，微笑着说："谢谢你，不喝了。"

阿莲看着他又接着说道："你们从早晨一直干到现在，连口水都不肯喝，叫我们真是过意不去。"

后山的民工笑着说："龙江大队为我们旱区堵江淹田，水英同志又带着你们起早摸黑地猛干，还关心我们的生活，叫我们说什么好呢？"

阿莲听了之后，接着微笑着对着后山的民工说："可别这么说，三年前我们这儿发大水，也幸亏你们后山公社来帮助。"

☆"可别这么说，三年前我们这儿发大水，也幸亏你们后山公社来帮助。"阿莲话未说完，两位抬石头走过这儿的解放军说："山前山后贫下中农心连心哪！"阿莲赶紧让解放军歇一会喝口水："解放军给我们做了好榜样，我们两处受灾，你们都来支援。"后山民工也说："哪里有困难你们就赶到哪里。"解放军战士说："咱们军民一家嘛！"

阿莲正说着这话的时候，两位抬着石头走过这儿的解放军说道："山前山后贫下中农心连心哪！"

  后山的民工看到有解放军进来了，赶紧上前热情地招呼道："解放军同志，快停下来歇一会儿吧。"

  阿莲也上前热情地招呼道："解放军给我们作了好榜样，我们两处受灾，你们都来支援。"

  后山的民工接着说道："是啊，哪里有困难你们就赶到哪里。"

  解放军战士听了阿莲和后山民工的夸奖，淡淡地一笑，接着说道："咱们军民是一家嘛！我们做得很不够。"

  正好这时有龙江大队的两位社员过来了，趁着大家互相让水的机会，阿莲就示意刚过来的那两位社员把解放军抬的大石块给悄悄地抬走了。

☆趁着大家互相让水的机会，阿莲示意龙江大队的社员把两位解放军抬的大石块悄悄抬走，解放军战士发现后招手高喊："哎，同志，同志……"阿莲将他拦住，递上一杯水，风趣地说："咱们军民一家嘛！"

解放军战士发现后，赶紧朝着抬走石头的社员招手高喊道："哎，同志，同志……"一边喊着一边就要跑着追过去。

　　阿莲赶紧上前将解放军给拦住了，并且热情地递上来一杯水，风趣地对解放军说道："解放军同志，你先喝水。咱们军民一家嘛！"

☆没料想，另一位解放军战士也乘阿莲不备，把她那装满石料的车子推走了。阿莲发现后忙招手高喊："哎，同志，同志……"解放军战士也将她拦住："咱们军民一家嘛！"茶杯又回到了阿莲的手里。转眼间，两位解放军战士跑远了，只留下一串笑声。

　　没有想到，另一位解放军战士也趁着阿莲不备，把她那装满石料的车子推走了。阿莲转身发现后，急忙招手对着推走她的车子的解放军战士喊道："哎，同志，同志……"

　　在阿莲面前的那位解放军战士也趁机上前赶紧把阿莲拦住，并微笑着说道："咱们军民一家嘛！"

　　解放军战士将自己手中的茶杯又递给了阿莲。就这样，

茶杯又回到了阿莲的手里。转眼间，两位解放军战士就哈哈大笑着跑着下去了。这时，后山的民工也从另一个方向下去，开始干活去了。送水的社员这时也挑着茶桶下去了，去另一个地方给同志们送水去了。

这动人的场面使阿莲无比激动，她当场立下志愿："九龙江上摆战场，相互支援情谊长。抬头望，十里长堤人来往，斗地战天志气昂。我立志学英雄，重担挑肩上，脚跟站田头，心向红太阳。争做时代的新闯将，争做时代的新闯将，让青春焕发出革命光芒。"

☆这动人的场面使阿莲无比激动，她当场立下志愿："九龙江上摆战场，相互支援情谊长。抬头望，十里长堤人来往，斗地战天志气昂。我立志学英雄，重担挑肩上，脚跟站田头，心向红太阳。争做时代的新闯将，争做时代的新闯将，让青春焕发出革命光芒。"

年轻人勇敢地挑起了重担，可是年老的阿坚伯也一点都不示弱。他修好了一捆工具，准备往坝上送去，迎面正好碰上了阿莲。阿坚伯看到不远处的阿莲，笑呵呵地叫道：

"阿莲。"

阿莲看着肩上背着一捆工具的阿坚伯，忙迎了上去，乐呵呵地说："阿坚伯，合龙的工具都修好了？真快呀！"

阿坚伯微笑着说："今儿晚上大坝就要合龙，准备工作越快越好哇！"

阿莲一把从阿坚伯的肩上把一捆修好的工具抢过来，扛在自己的肩上，对阿坚伯说："来，我把它扛到合龙口去。"

☆年轻人勇挑重担，阿坚伯年老也不示弱，他修好了一捆工具，准备往坝上送去，迎面碰上阿莲。阿坚伯说："今儿晚上大坝就要合龙，准备工作越快越好哇！"阿莲一把抢过工具："我把它扛到合龙口去。"阿坚伯坚持自己拿去，两人正在争抢，李志田来找阿坚伯，阿莲乘机扛起工具跑了。

阿坚伯非要坚持着自己拿去，就跟阿莲说："哎，我来，我来。"

阿坚伯和阿莲两个人正在争抢，正在这时，李志田拿着扁担过来了，看见了阿坚伯，他正要找阿坚伯有事，就叫道："阿坚伯！"

阿坚伯赶紧答应道："唉。"

见李志田找阿坚伯有事，阿莲乘机扛起来工具跑了。

李志田现在除了忙活着坝上的事情，还要想着副业生产，只见他来到阿坚伯的跟前，问道："大坝就要合龙了，你们小队烧窑的柴草准备好了吗？"

阿坚伯听了之后，微笑着说："都准备好了，你就放心吧。"

李志田心里赞叹道，阿坚伯别看上了年纪，还真有一股不服输的劲头，干劲比年轻人还大呢！李志田接着又说："堤外淹了三百亩，这烧窑补救的任务可就全靠您和阿更两个小队了。"

☆李志田除了忙活着坝上的事，还想着副业生产，他问阿坚伯："大坝就要合龙了，你们小队烧窑的柴草准备好了吗？""都准备好了。""堤外淹了三百亩，这烧窑补救的任务可就全靠您和阿更两个小队了。"阿坚伯笑道："没问题，合龙以后我们就开窑烧砖。""好哇！"李志田喜笑颜开。

阿坚伯听了之后，信心十足地拍着胸膛说："没问题，合龙以后我们就开窑烧砖。"

李志田听了之后，喜笑颜开地说："好哇！"

突然，宝成大喊着："大队长！"和一个社员一起跑着来找李志田。宝成来到李志田的跟前，焦急地说道："大队长，坝上出事了！"

这时，黄国忠和两个社员也听到了，赶紧来到了李志田这里。李志田和阿坚伯听了之后，同时焦急地问："什么事？"

宝成一脸汗珠地说："出现了塌方！"

阿坚伯急忙追问道："塌方多少？"

宝成一脸愁容地说道："有好几丈宽！"

☆突然，宝成跑来报告坝上出事了！出现了塌方！阿坚伯问："塌方多少？""有好几丈宽！"李志田问："水英知道吗？""正在坝上组织抢救，急需大批柴草！"李志田着急："那得多少柴草啊！""指挥部正在采取紧急措施，向兄弟社队调运。"阿坚伯担心："只怕远水救不了近火！"宝成又说："水英同志要大队长到坝上商量。"李志田急忙赶去。

李志田看了看宝成，接着追问道："水英知道吗？"

宝成赶紧回答道："正在坝上组织抢救。"

阿坚伯一听，赶紧问道："怎么抢救？"

宝成摸了一把脸上的汗水说："急需大批柴草！"

李志田听了，着急地问："那得多少柴草啊？"阿坚伯一边想着柴草的事情一边说："得赶紧想办法。"

宝成说："指挥部正在采取紧急措施，向兄弟社队调运。"

阿坚伯听了之后，担心地说："只怕远水救不了近火！"

李志田看着阿坚伯着急地问："那怎么办？"

宝成对李志田说："水英同志要大队长到坝上商量。"

李志田听了之后急忙赶去坝上了。

阿坚伯走到江边，焦灼地朝着大坝的方向望去。只见

☆阿坚伯走到江边，焦灼地朝大坝方向望去。闻声赶来的黄国忠在一边阴险地盘算："急需大批柴草？"他两眼一转，顿生毒计，"哼！"悄悄地溜走了。

大坝上的人都忙忙碌碌，不少人在呼喊着想办法，水英他们指挥部的人都在现场扯着嗓子指挥着抢险。

闻讯赶来的黄国忠，在一边阴险地盘算着："急需大批柴草？好，我就让你们得不到。"随后他两眼一转，顿时生出了一条毒计，"哼"了一声就悄悄地溜走了。

"塌方要不赶快止住，大坝就不能按时合龙，怎么办？"阿坚伯望着大坝，心急如焚，"合龙前竟发生突然故障，缺柴草难抢险怎救旱荒？眼看着拦水坝横跨江上，岂能够一旦间毁于塌方。"在这紧急关头，他想起了自己小队准备烧窑用的柴草，"速回村把我队烧窑的柴草让，为革命再大的

☆"塌方要不赶快止住，大坝就不能按时合龙，怎么办？"阿坚伯望着大坝，心急如焚，"合龙前竟发生突然故障，缺柴草难抢险怎救旱荒？眼看着拦水坝横跨江上，岂能够一旦间毁于塌方。"在这紧急关头，他想到了自己小队准备烧窑用的柴草，"速回村把我队烧窑的柴草让，为革命再大的牺牲也要承当！"

牺牲也要承当!"

正在这时,阿莲、宝成和几个社员从坝上急匆匆地跑来了,阿莲从远处就看到了阿坚伯,大声地喊道:"阿坚伯!"

阿坚伯见阿莲过来了,赶紧问:"哎,坝上怎么样了?"

阿莲来到阿坚伯的面前,对阿坚伯说:"水英姐和大队长决定马上调我们两个小队的柴草救急。"

阿坚伯本来就是这样的想法,现在听到水英和大队长也是这么想的,就满口答应:"好!你到八队找阿更,我回四队搬柴草。咱们分头行动。"

☆阿莲、宝成和几个社员从坝上跑回来,对阿坚伯说:"水英姐和大队长决定马上调我们两个小队的柴草救急。"阿坚伯说:"好!你到八队找阿更,我回四队搬柴草。"他们正要分头行动时,宝成突然发现远处冒起浓烟:"哎,你们看,那窑上滚滚的浓烟!"阿莲一看,不好:"阿更他们怎么提前起火烧窑了?"

阿莲大声地冲同行的几个人喊道："同志们，走！"说完他们正要分头行动时，宝成突然看到远处冒起了浓烟，他心中一惊，立刻判断出了正是窑厂的方向。于是，他焦急地大声说："哎，你们看，那窑上有滚滚的浓烟！"

　　阿莲一看，有些疑惑地说："阿更他们怎么提前起火烧窑了？"

　　阿坚伯也看到了，惊讶地喊了一声："不好！"

　　大家把眼光一起投向了阿坚伯："怎么办？"

　　阿坚伯这时坚定地说道："阿莲！抢救塌方不容缓，你们快快去找阿更谈，轻重缓急须分辨，起火也应把柴搬！"

☆大家把眼光一起投向了阿坚伯："怎么办？"阿坚伯坚定地说："阿莲！抢救塌方不容缓，你们快快去找阿更谈，轻重缓急须分辨，起火也应把柴搬！"说完，他们立即兵分两路，分头行动。

　　说完，他们立即兵分两路，分头行动。

　　此时，江水英正在大坝上，带领着社员们搬运着柴草，抢救塌方。

　　阿坚伯带领着第四生产小队的社员们，怀抱着准备烧窑的柴草，疾步跑向大坝。

☆此时，江水英正在大坝上，带领社员们搬运柴草，抢救塌方。

第四章

窑场斗争

天空渐渐地暗了下来，已经黄昏了。

与此同时，山坡上，八小队的窑场上火光通明。只见黄国忠夹着几捆柴草快步地跑向窑口，他看着四小队的社员怀里抱着柴草往坝上快步地跑着，故意大声地向窑里烧火的师傅喊道："哎——再加把劲，把火烧得越旺越好！"随后，黄国忠半蹲下身子，狰狞着面孔，自言自语地说道："哼！我从后山跑到龙江村，隐藏了十几年，憋得我实在是

☆阿坚伯带领着第四生产小队的社员们，怀抱着准备烧窑的柴草，疾步跑向大坝。

77

喘不过气来，堵江救旱要叫你们得到好处，休想！"

正在这时，只听见阿莲在远处大声地喊道："同志们，快走啊！"

黄国忠听到了阿莲的喊声，知道他们就快要到这里来了，就夹起了捆着的柴草，赶紧跑向了砖窑。

☆与此同时，八小队的窑场上火光通明。黄国忠夹着几捆柴草跑向窑口，他看着四小队的社员抱着柴草往坝上跑，故意大声向窑里喊："哎——再加把劲，把火烧得越旺越好！"他半蹲下身子，狰狞自语："哼！我从后山跑到龙江村，隐藏了十几年，憋得我实在喘不过气来。堵江救旱要叫你们得到好处，休想！"远处传来阿莲的喊声，他赶紧跑向砖窑。

不一会儿的工夫，阿莲就带着人来到了窑场，他们要搬运柴草。阿莲对着一起来的同志们说道："同志们，快到那边搬柴草。我去找阿更。"

听完阿莲的吩咐，和阿莲一起来的社员们赶紧去搬柴草去了。就在这时，常富从窑内走出来了。看到了阿莲一帮人，常富上前问道："阿莲，坝上那么忙，你们来这干什么?"

阿莲见是常富,就赶紧说道:"搬柴草。"

常富这时还不知道大坝塌方的事情,他还以为阿莲带着人是来帮着他们烧窑,就上前拉住阿莲说道:"哎呀,我们人手够了,你们来帮忙,以后工分也不好算哪!"

正在这时,阿更和黄国忠也从窑内走出来了。阿莲本来就非常着急了,见常富这么一说,就大声地说道:"什么工分?大坝塌方了!"

阿更一听,大吃一惊地说道:"啊,塌方?你们不赶快去抢救,跑到这儿来干吗?"

阿莲焦急地接着说:"我们是到这里来搬柴草抢救塌方的。"

☆阿莲带人来到窑场搬柴草。常富从窑内出来拦阻说:"哎呀,我们人手够了,来帮忙,以后工分也不好算哪!"阿莲生气地:"什么工分?大坝塌方了!"阿更大吃一惊:"啊,塌方?你们不赶快去抢救,跑到这儿来干吗?""搬柴草抢救塌方。""窑上已经起火了。"阿莲埋怨:"你们怎么提前起火了?"

阿更立刻明白了，但是现在窑内已经起火了，这柴草如何往外撤啊？于是，他说："窑上已经起火了，不好办啊。"

阿莲听了以后，埋怨地说道："你们怎么提前起火了？"

阿更觉得阿莲不应该埋怨他们提前起火，就上前有点生气地对阿莲说道："早点起火，早点补救嘛！"

阿莲看了看阿更，也气愤地说："大坝合龙在今晚，突然塌方添困难。眼下柴草是关键，急等我队去支援。"

但是，阿更心里十分清楚，现在窑场已经起火，如果同意了阿莲的要求，让他们把柴草拿走的话，那么窑内烧着的砖就全废了，所以面对阿莲的劝阻，阿更明确地表示："不行！为堵江我队淹了高产片，不能再来把柴搬。"

☆阿更说："早点起火，早得补救嘛！"阿莲试图劝阻哥哥："大坝合龙在今晚，突然塌方添困难。眼下柴草是关键，急等我队去支援。"阿更坚决不同意："不行！为堵江我队淹了高产片，不能再来把柴搬。"

阿莲看自己的哥哥阿更在现在这个关键的时候，是这

么地不顾全大局，非常生气。只见阿莲面对着阿更也是毫
不退缩："就要搬！你不想大坝缺柴难抢险？"

阿更的态度也很坚决，他看着阿莲坚定地表示："不能
搬，你不见窑上已经起了火。"

此刻，在一旁隔岸观火的黄国忠心中是非常高兴了，
看到阿莲和阿更僵在了那里，他也上前接茬说道："停火就
毁了这窑砖！"

阿莲仍然坚持自己的做法，严肃地说："就要搬，应当
立刻停火把柴草献！"

阿更也坚决地说："不能搬！要是搬了柴草，小队损失
又增大。"

黄国忠不怀好意地给阿更帮腔道："严重后果谁承担？"

☆阿莲毫不退缩："就要搬！你不想大坝缺柴难抢险？"阿更也很坚定：
"不能搬，你不见窑上已经起了火。"黄国忠在旁接茬："停火就毁了这
窑砖！"阿莲坚持道："就要搬，应当停火把柴草献！"阿更坚决地："不
能搬！小队损失又增大。"黄国忠又帮腔："严重后果谁承担？"阿莲下
定决心："为救旱就该挺身挑重担，抢险不能再拖延。搬！"

阿莲心里已经下定了决心，只见她看着阿更认真地说："为救旱就该挺身挑重担，抢险不能再拖延。搬！"

　　阿莲抱起一捆柴草就走，阿更夺下阿莲手中的柴草，常富赶忙接过来搬进窑内。阿莲和众社员从旁边的柴草堆搬起柴草，径直朝着大坝走去。

　　阿更看到阿莲他们一行人又搬起了柴草，就赶紧跑下来大声地喊道："不许搬！"

　　跟在阿更后面的黄国忠这时也给阿更火上浇油地说："阿更队长，这一窑砖可是两千块钱哪！"

☆阿莲抱起一捆柴草就走，阿更夺下阿莲手中的柴草，常富赶忙接过搬进窑内。阿莲和众社员从旁边的柴草堆搬起柴草，径直往大坝走去。阿更跑下来阻止："不许搬！"跟在后面的黄国忠火上浇油地说："阿更队长，这一窑砖可是两千块钱哪！"阿更大喊："烧！"黄国忠也跟着喊："对！烧！"他马上跑去添火。

　　阿更听了之后，就更加生气他们来搬柴草的事了，就见阿更朝着烧窑的师傅大声地喊道："烧！"

黄国忠这时点点头，对阿更说道："对！"接着，黄国忠转过身来，对着窑内喊道，"烧！"说完，他又马上跑去添火。

站在山坡上，早已经在此观察动静的江水英这时厉声对着阿更和黄国忠喊道："停下来！"江水英这一响亮的喊声，掷地有声，让黄国忠听了之后大吃一惊。

☆站在山坡上，早已在此观察动静的江水英厉声喊道："停下来！"这喊声让黄国忠大吃一惊。江水英神态严峻地走下山坡，来到窑场前。

黄国忠没有想到江水英会来到这里，他本来觉得现在大坝上塌方，江水英根本就忙不过来，也就没有时间过问窑场这边发生的事情。这样，他就可以趁着这个机会在窑场这边也耽误他们运输柴草的时间。黄国忠在隐藏了这么多年，他是不愿意在这么早就被发现了。这时，江水英神态严峻地走下山坡，来到窑场前。

李志田和社员们也都聚集到窑场。在窑内的几个社员听到外面的声音也都走出来了。黄国忠用带有挑动性的话说："现在停火，一窑砖就要全部报废！"

在场的社员们听了之后谁也没有说话。

江水英听了之后，严肃地说："现在多烧一捆柴，大坝就要多加一分危险！"

李志田转过身来，看着阿更，责怪地问道："你们早不起火，晚不起火，为什么偏偏这个时候起火？"

阿更见李志田还在责怪自己，就生气地说："早不塌方，晚不塌方，谁知道偏偏这个时候塌方！"

☆李志田和社员们也都聚集到窑场。黄国忠说："现在停火，一窑砖就要全部报废！"江水英严肃地说："现在多烧一捆柴，大坝就要多加一分危险！"李志田问阿更："你们早不起火，晚不起火，为什么偏偏这个时候起火？"阿更道："早不塌方，晚不塌方，谁知道偏偏这个时候塌方！"

江水英见阿更还在跟自己强词夺理，就转过身来，看着阿更质问："阿更，人们原先说合龙后烧窑，为什么提前起火呢？"

阿更听后，回答："群众有这个建议，我也同意。"

江水英一听，立即警觉了起来，看着阿更接着追问道："谁建议的？"

☆江水英问："阿更，你们原先说合龙后烧窑，为什么提前起火呢？"阿更回答："群众有这个建议，我也同意。"江水英追问道："谁建议的？"

阿更伸出手往自己的身后一指，支支吾吾地说道："是……"说着朝着站在自己身后的黄国忠看了一眼。

黄国忠非常担心阿更把自己的名字说出来，没等阿更把话说完，他赶紧抢过话头，接着说道："是大伙儿提的。"

江水英很注意细致观察情况，她正警觉地注视着黄国忠。

黄国忠没敢和江水英直接对着看，他明显地感觉到了江水英已经注意到了自己。黄国忠赶紧极力掩饰着说道："大家伙都想着这次咱们的损失太大了，想早点儿补回来嘛！我看，这也是好心啊。再说这一窑砖可是不少钱啊。"

阿更此刻根本就没有意识到事情的严重性，就顺着黄国忠的话说道："水英同志，既然起火了就不能停。"

黄国忠也连忙跟着说："对呀！是这么个道理啊。"

☆阿更往身后一指："是……"他身后的黄国忠赶紧抢过话头："是大伙儿提的。"见江水英警觉地注视自己，黄国忠极力掩饰，"我们损失太大了，想早点儿补回来嘛！"阿更也说："水英同志，既然起了火就不能停。"黄国忠忙说："对呀！"

江水英听了之后，显然并不这么认为。只见她斩钉截铁地说道："不对！"江水英知道，自己需要尽快跟阿更把道理说清楚，解开他和像阿更一样想的群众的思想包袱。

想到这里，江水英转过身子，对着阿更耐心地说："阿更，你想，如果没有柴草，怎么抢救塌方？抢救不了塌方，大坝靠什么合龙，不能合龙送水，怎么完成党交给我们的救旱任务？"

阿莲听了之后，气愤地看着阿更，顺着江水英的话说道："是嘛！"宝成这时也觉得阿更他们现在点火做得不对，也气愤地看着阿更说道："是嘛！"

江水英这时也不再听他们那么多的理由，当机立断："同志们，为了保证今晚及时合龙，马上停火搬柴！"

☆江水英斩钉截铁地说道："不对！阿更，你想，如果没有柴草，怎么抢救塌方？抢救不了塌方，大坝怎么合龙？不能合龙送水，怎么完成党交给我们的救旱任务？"阿莲等齐声赞同。江水英当机立断："同志们，为了保证今晚及时合龙，马上停火搬柴！"

　　听了江水英的决断，阿莲等在场的社员们大声地说道："对，停火搬柴！"说着，阿莲、宝成带领着社员们立即去搬运柴草赶紧运往大坝。

　　黄国忠见大势已去，自己根本没有能力改变当前的状况，就索性就见风使舵地说："对，江书记说得对啊。咱们停火！赶紧停火！"

　　黄国忠担心被江水英等发现自己的端倪，说着就赶紧溜进了窑内。

　　阿更见江水英这一帮人根本就不听自己的意见，等他们都帮着搬柴去了，就对着李志田生气地大声说道："我想不通，淹了田，又丢了砖，损失这么大，我们小队怎么办？”

李志田对于阿更的埋怨一时也不知道如何回答。只见李志田看着阿更一脸怨气的样子，说道："你……"

阿更这时愤怒地说："我管不了啦！"说完便转身生气地走了。

☆"对，停火搬柴！"阿莲、宝成立即带领社员搬运柴草运往大坝。黄国忠见风转舵："对，停火！停火！"溜进窑内。阿更大声对李志田说："我想不通！淹了田，又丢了砖，损失这么大，我们小队怎么办？"李志田一时也回答不上。"我管不了啦！"阿更转身就走。

一赌气，阿更甩手想走，刚刚转过来身，正好碰见了一个小女孩背着几对畚箕气喘吁吁地走来，看到了阿更，上前问道："叔叔，这儿是龙江大队吗？"

阿更本来心情就不好，可是看着眼前这个自己并不认识的小姑娘，他强压着自己心中的怒气，对着小姑娘点点

头，说道："是呀。"

　　小女孩听了之后，知道自己终于找到了目的地，就兴奋地大叫了起来，对着面前的大家伙儿说道："我叫小红，从后山来的。"

☆一赌气，阿更甩手想走，刚转身，正碰见一个小女孩背着几对畚箕气喘吁吁地走来，向他问路："叔叔，这儿是龙江大队吗?"阿更回答："是呀。"小女孩兴奋地说："我叫小红，从后山来的。"

　　江水英也听到了小红的介绍，她赶紧朝着小红这边走过来了，来到了小红跟前，惊讶地问道："从后山来的?"

　　小红这是才稍微喘息了一下，伸出胳膊擦了擦额头上的汗，微笑着说道："嗯。"大家伙赶紧围绕在这个从后山来的小姑娘的周围。

　　听说小红是从后山来的，江水英上前赶紧扶着小红坐在树墩上，让她休息一下，嘴里还关切地说道："小红，来，歇会儿。"江水英转身从一个社员手中接过来装着水的水壶，倒了一杯水递到了小红的面前，亲切地说道："喝

口水。"

小红这一路走来，可真是费了不少的工夫，但是为了找到龙江大队，小红还真是累得够呛。

看到有水送到了自己的面前，小红还真渴坏了，赶紧从江水英的手里接过来水杯，喝了一口，兴奋地说："哎呀，这龙江水真甜哪！"

☆听说小红是从后山来的，江水英他们热情地招呼小红坐下休息，又拿过水壶，倒了一杯水，让小红喝。小红接过，喝了一口："哎呀，这龙江水真甜哪！"江水英递过水壶："那你就多喝点。"

江水英把水壶给小红递了过来，关切地说："那你就多喝点。"

小红从江水英的手里接过来水壶，往自己的水杯里续了一杯，想再喝，可是杯子放到了嘴边又停住了，她舍不得喝，把水倒回了壶里。在场的龙江大队的社员看了小红的这一举动之后，都感到很纳闷。

江水英疑惑地看着小红，问道："怎么不喝了？"

小红抬起头来，看了看大家，认真地说道："我奶奶说，一碗水也能救活几棵秧苗。"

在场的龙江的社员们都被面前的这个小姑娘的话给感动了。听了小红说的话，江水英万分感慨地回味着："也能救活几棵秧苗！也能救活几棵秧苗！……"随后江水英看着小红问道，"小红，你奶奶……"

没等江水英把话问完，小红就对大家伙说道："大伙叫她盼水妈。""盼——水——妈！"江水英百感交集地念叨着这个不寻常的名字。在场的龙江的社员们都被眼前的小姑娘给感动了，同时也被他奶奶给感动了。大家眼里噙着泪花，看着小红。

☆小红接过水壶，续了一杯，刚要喝，杯到嘴边又停住了，她舍不得喝，把水倒回壶内："我奶奶说，一碗水也能救活几棵秧苗。"听了她这话，大家都很感动。"也能救活几棵秧苗！"江水英万分感慨地回味着这句话，转头问道，"小红，你奶奶……"小红说："大伙叫她盼水妈。""盼——水——妈！"江水英百感交集地念叨着这个不寻常的名字。

小红这时给在场的龙江的社员们讲起了她奶奶的故事：
"阿姨，在旧社会有一年遇到大旱，我奶奶因为盼水，把眼
睛都盼瞎了。解放后，是毛主席派来的医生给她治好了眼
睛。这回，听说堵江送水，她可高兴啦！忙着上山砍竹子，
回到家。一个劲儿地编哪，编哪，连夜赶编了这几对畚箕，
天还没有亮，就催我快呀，快呀，快把畚箕送到龙江
大队！"

☆小红讲起她奶奶的故事："在旧社会有一年遇到大旱，我奶奶因为盼水，
把眼睛都盼瞎了。解放后，是毛主席派来的医生给她治好了眼睛。这
回，听说堵江送水，她可高兴啦！忙着上山砍竹子，回到家。一个劲儿
地编哪，编哪，连夜赶编了这几对畚箕，天还没亮，就催我快呀，快
呀，快把畚箕送到龙江大队！"

　　江水英从小红的手里接着畚箕，拿在手里，异常激动
地说道："它，寄托着多么深厚的情意，多么殷切地期望
啊！见畚箕似见亲人在盼水，九万良田旱情危。见畚箕千
丝万篾情可贵，后山人抗旱的意志不可摧。"

☆江水英接过畚箕，异常激动地："它，寄托着多么深厚的情意，多么殷切的希望啊！见畚箕似见亲人在盼水，九万良田旱情危。见畚箕千丝万篾情可贵，后山人抗旱的意志不可摧。"

☆江水英语重心长地对阿更说："咱们想一想，提前烧窑对不对？要警惕阴暗角落逆风吹。虽然是停火搬柴砖报废，大坝上危险局面得挽回。"此时，阿更已完全觉悟，他内疚地说："对呀！"江水英继续鼓励大家："喝令九龙东流水，快向后山展翅飞。端起龙江化春雨，洒遍灾区解旱围。"

江水英这时语重心长地对阿更说道："咱们想一想，提前烧窑对不对？要警惕阴暗角落逆风吹。虽然是停火搬柴砖报废，大坝上危险局面得挽回。"

　　此时，阿更已经完全觉悟了，他内疚地说："对呀！我怎么刚才就没有明白这个道理呢。"

　　江水英继续鼓励着大家："喝令九龙东流水，快向后山展翅飞。端起龙江化春雨，洒遍灾区解旱围。"

　　阿更、李志田和社员们都下定决心，要克服面前的所有困难，齐心协力堵江抗旱，他们一起大声念道："喝令九龙东流水，快向后山展翅飞。端起龙江化春雨，洒遍灾区解旱围。"

☆阿更、李志田和社员们决心克服困难，齐心协力堵江抗旱："喝令九龙东流水，快向后山展翅飞。端起龙江化春雨，洒遍灾区解旱围。"江水英一声号令："鼓起干劲千百倍，合龙口上振雄威！"大家一起奔向大坝合龙口！

听了大家表的决心，看到大家现在都已经把心里的疙瘩给解开了，都显示出来的雄心壮志，江水英的心里感到很欣慰。这时候，江水英一声号令："鼓起干劲千百倍，合龙口上振雄威！"

　　听了江水英的号令，大家的干劲十足，激情澎湃，一起奔向了大坝的合龙口！

第五章 抢险合龙

当天夜晚，在江堤旁的工棚对面，矗立着高大的施工架，上面挂写着"人定胜天"的红布标语。照明的灯火划破了黑黑的夜空。还有一些社员们搬着竹桩来回走着。

　　阿莲、阿更与几个社员，刚刚运完一批，站在那儿擦着汗、掸着身上的土。李志田拿着打桩的木槌从另一个方向走过来了。阿更看到李志田，赶紧走上前说："大队长，柴草运到，塌方总算止住了。"

　　李志田听了之后，高兴地说道："好哇！今晚咱们全都参加堵江，早点儿合上龙，早点从三千亩上补回损失。"

　　阿更点点头说："唉。"

　　正在这时，一阵江风掠过。阿更有一些担心地说："恐怕是要起风了。"这也是大家担心的，风力增大，合龙就会更加困难。

　　李志田看了看天，担心地说："好大的风啊！"

　　阿莲说："水英姐说，后半夜风力可能还要增大。"

　　大家听了之后，都齐声说："还要增大？"这时江风已经越来越大了。

　　一个男社员跑过来说："合龙口越是缩小，水流越急。要是风力再增大，合龙更困难啦！"

　　李志田面色严肃地说："如果不能按时合龙，风急浪高，冲垮大坝，几天来民工的劳动可全都白费了！"

　　阿更瞅着合龙口，充满遗憾地说："要是那样，那咱们三百亩好庄稼也就白淹啦！"

阿莲此刻更是心急如焚："更重要的是，咱们的抗旱计划也要全都落空啦！"

李志田想了想，咬了咬牙关，攥紧了拳头说："看来这是场硬仗啊！"

阿莲也鼓足了勇气和信心，坚定地说："再硬的仗也要打胜！"

李志田抬起胳膊，用力地冲大家挥了挥，大声地招呼大家："走！咱们到合龙口看看去！"在他的招呼下，大家都信心满满地跟了上去。

☆当天夜晚。江堤旁，阿更告诉李志田，柴草运到，塌方总算止住了。李志田盼着尽快合龙，早点从三千亩上补回损失。一阵江风掠过，大家担心，风力增大，合龙更困难。如不能按时合龙，风急浪高，冲垮大坝，几天来的劳动全白费了！三百亩好庄稼也白淹啦！抗旱计划将全部落空！李志田说："看来这是场硬仗啊！走，到合龙口看看去！"

夜色深沉，江风更紧，浪声喧鸣。

江水英一手提着马灯，一手持铁锹来巡视江堤，心潮

☆夜色深沉，江风更紧，浪声喧鸣。江水英一手提马灯，一手持铁锹
　来巡视江堤，心潮起伏："听惊涛拍堤岸心潮激荡！夜巡堤，披星
　光，但只见，工地上，人来车往，灯火辉煌，同志们斗志昂扬，准
　备着奋战一场。九龙水奔腾急千年流淌，看今朝英雄们截流拦江。"

☆作为龙江大队的党支部书记，江水英不仅纵观全局，还要明察秋毫，
　这几天发生的事情她仔细回味："站堤上想旱区心驰神往，恨不能九
　万亩稻谷飘香。堵江来出现的可疑迹象，一件件细分析事非寻常。
　黄国忠怎熟悉后山情况？出主意烧柴草是何心肠？今夜晚合龙口关
　键一仗，风浪要征服，暗礁尤须防。"

起伏："听惊涛拍堤岸心潮激荡！夜巡堤，披星光，但只见，工地上，人来车往，灯火辉煌，同志们斗志昂扬，准备着奋战一场。九龙水奔腾急千年流淌，看今朝英雄们截流拦江。"

作为龙江大队的党支部书记，江水英不仅要纵观全局，还要明察秋毫。她仔细地回味着这几天发生的事情，有一些可疑点不禁涌上心头："站堤上想旱区心驰神往，恨不能九万亩稻谷飘香。堵江来出现的可疑迹象，一件件细分析事非寻常。黄国忠怎熟悉后山情况？出主意烧柴草是何心肠？今夜晚合龙口关键一仗，风浪要征服，暗礁尤须防。"

江水英身战江堤，遥望着北京，更加豪情满怀，意志坚强："望北京更使我增添力量，革命豪情盈胸膛。纵然有千难万险来阻挡，为革命，挺身闯，心如铁，志如钢，定叫这巍巍大坝锁龙江！"

☆江水英身站江堤，遥望北京，更加豪情满怀，意志坚强："望北京更使我增添力量，革命豪情盈胸膛。纵然有千难万险来阻挡，为革命，挺身闯，心如铁，志如钢，定叫这巍巍大坝锁龙江！"

就在此时，江上刮起了大风。阿更他们打桩的时候也遇到了难题，无奈之下阿更只得来找江水英想办法。他沿着江堤边走边大声地喊着："水英同志！"手里还拿着折断的竹桩。

当看到水英在那里陷入沉思，阿更立刻向她跑了过来。来到了江水英的面前，阿更连忙说："大风骤起，合龙口水急浪高，打桩遇到困难，竹桩折断，正在打木桩抢救！"

江水英听了之后，从阿更的手里接过断桩，看了看之后，说道："只怕木桩也难打呀！合龙口坝身逐渐靠拢，如果打桩不成，大坝就有冲垮的危险！"

☆就在此时，江上刮起大风。阿更拿着折断的竹桩跑来报告："大风骤起，合龙口水急浪高，打桩遇到困难，竹桩折断，正在打木桩抢救！"江水英接过断桩，看了看说："只怕木桩也难打呀！合龙口坝身逐渐靠拢，如果打桩不成，大坝就有冲垮的危险！"

江水英这时疾步登上高处，向着合龙口的方向望去，情势确实已经十分危急。她果断地命令："紧急集合！"

随后，阿更向着社员们所在的地方，大声地喊着："紧急集合！"不一会儿，青年突击队、贫下中农社员、解放军驻军纷纷都赶过来了。

等大家都到齐了，阿莲率先喊道："突击队全部到齐！"一位解放军战士紧跟着喊道："驻军三排前来报到！"

江水英看了看大家，严肃地说："同志们！打桩遇到困难，情况紧急。咱们要发扬勇敢战斗的精神，想尽一切办法，保证打桩！"

大家听了之后，齐声喊道："坚决完成任务！"

☆江水英疾步登上高处，向合龙口方向望去，情势确实危急，她果断命令："紧急集合！"不一会儿，青年突击队、贫下中农社员、解放军驻军纷纷赶来。江水英严肃地说："同志们！打桩遇到困难，情况紧急。咱们要发扬勇敢战斗的精神，想尽一切办法，保证打桩！"大家齐声喊道："坚决完成任务！"

此时，阿坚伯和李志田急步跑来，阿坚伯神色严峻地告诉江水英："风浪越来越大，木桩打不下去！"

大家听说后心情更加紧张，议论纷纷，都把目光投向了江水英。

☆此时，阿坚伯和李志田急步跑来，阿坚伯神色严峻地告诉江水英："风浪越来越大，木桩打不下去！"大家听说后心情更加紧张，议论纷纷。他们都把目光投向了江水英。

江水英快步登上高处，对着大家大声地说道："同志们！现在只有跳入水中，用身体挡住激流，帮助打桩！"

大家听了之后，非常赞同江水英的想法，一起大声地喊道："好！"

江水英又登高了一层，接着对大家说道："伟大领袖毛主席教导我们：'中国人死都不怕，还怕困难么？'"

大家听了之后，毫不犹豫地齐声喊道："我们什么都不怕！"

此时，阿坚伯挺身而出，明确地表示："我们是共产党员——"李志田和党员们一起喊道："我们去！"一位解放军战士挺身而出，大声地表明了心迹："我们是中国人民解放军——"其他的解放军同志们一起大声地说道："我们去！"阿莲这时也挺身而出，大声地表示："我们是共青团员——"阿更代表着贫下中农大声地说道："我们是贫下中农——"这时，社员们接着大声地喊道："我们去！"

江水英满脸欣慰地看了看大家，心情无比激动，这是多好的党员同志，多好的人民子弟兵，多好的人民群众啊！江水英抑制着自己激动的心情，意气风发地向着大家发出了号令："抢险合龙筑大坝，舍己为人掏红心！"

☆江水英快步登上高处："同志们！现在只有跳入水中，用身体挡住激流，帮助打桩！伟大领袖毛主席教导我们：'中国人死都不怕，还怕困难么？'""我们什么都不怕！"大家挺身而出，表明自己是共产党员、中国人民解放军、共青团员、贫下中农……齐声喊着："我们去！"江水英意气风发地发出号令："抢险合龙筑大坝，舍己为人掏红心！走！"

大家听了以后，大声地喊道："舍己为人掏红心！"

江水英随后大手一挥，大声地对众人喊道："走！"众人一起快步奔赴合龙口。

来到合龙口，只见风啸浪涌，后山民工打下的木桩很快被水冲走了。江水英率领着大家赶过来了。

江水英仔细地察看了情况之后，马上就做出了决定——马上下水组成人墙挡住激流。江水英首先带头果断地跳入了水中，大家见江水英都已经跳进了水里，随着就跳下去了，与风浪搏斗，筑起了人墙，堵住合龙口前的强劲水流。

大坝上的民工紧张打桩，争分夺秒完成合龙。在水中，江水英带领着军民紧紧地挽着手臂，高声地念着毛主席的教导："下定决心，不怕牺牲，排除万难，去争取胜利。"众志成城，气壮山河。

☆来到合龙口，只见风啸浪涌，后山民工打下的木桩被水冲走。江水英毅然带头跳入水中，大家随之跳下，与风浪搏斗，筑起人墙，堵住合龙口前的强劲水流。大坝上的民工紧张打桩，争分夺秒完成合龙。在水中，江水英带领军民紧挽手臂，高声念着毛主席的教导："下定决心，不怕牺牲，排除万难，去争取胜利。"众志成城，气壮山河。

经过艰苦奋战，合龙终于完成了。

第六章

出外支援

合龙几天后的一天拂晓，在龙江大队的村头路口。远处，江水从公字闸流进九湾河。河堤内，绿秧如茵。路旁就是江水英的住宅。门上贴着对联："听党的话，跟着党走"。门楣上挂着"光荣人家"的横牌，门前的空地上有当桌凳用的石块若干。屋子的旁边是一丛翠绿的新竹，生气

☆经过艰苦奋战，合龙终于完成。几天后的拂晓，龙江大队村路上，阿坚伯端着砂锅走来，砂锅里是他老伴专为江水英炖的鸡汤："堵江后水英带病昼夜苦干，我老伴见她消瘦心不安，送鸡汤但愿水英早日康健。"说着已经走到江水英家门口，他连喊两声无人答应，"还睡呢！为让她多休息我守在门前。"阿坚伯把砂锅放在石桌上，自己坐到一旁掏出了烟袋锅。

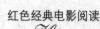
勃勃，对面高大挺立的樟树，枝叶茂盛。正在这时远处传来鸡啼声。

阿坚伯端着砂锅走来，砂锅里是他老伴专门给江水英炖的鸡汤："堵江后水英带病昼夜苦干，我老伴见她消瘦心不安，送鸡汤但愿水英早日康健。"说着已经走到江水英家门口，他连喊了两声无人答应，"还睡呢！为让她多休息我守在门前。"阿坚伯把砂锅放在石桌上，自己坐到一旁掏出了烟袋锅。

不一会儿，常富急急忙忙地过来了，一边走着一边大声地喊道："水英，水英！"

阿坚伯赶紧上前，拦住了常富，小声地说："哎！你别嚷嚷。"

常富不知道发生什么事情了，看着阿坚伯诧异地问道："怎么了？"

阿坚伯小声对常富说："水英在睡觉。"

常富看着阿坚伯焦急地说："我有急事儿嘛！"

阿坚伯赶紧对常富说："轻点儿，让她先歇一会儿吧！"

常富焦躁地对阿坚伯说："哎呀！我找大队长，大队长上山砍柴两天了；我找支部书记，支部书记在家睡大觉，那我的事到底还有没有人管？"

阿坚伯看着常富着急的样子，又问道："你到底有什么事？"

常富对阿坚伯说："他阿坚伯，你看，为了给旱区送水，这堤外江水越涨越高，要是漫上岸来，我家的房子地势低，那就非淹不可！支部书记管不管哪？！"

阿坚伯一听是这事，就劝着常富说："什么？你说你家地势低，那水英家比你家要低得多。可人家全不顾这些，一心一意为集体。你呀，你快回去吧！"

常富根本没有听阿坚伯的劝，还是坚持说："不行，我非找她解决不可！"

阿坚伯看常富非要找，就有点生气地对常富说："我不

是告诉你，她在睡觉。"

常富坚定地说道："睡觉我也要找。"

阿坚伯还在耐心地劝着常富："你得为她想想。"

常富生气地说："她也得为我想想！"

阿坚伯看常富是怎么劝也劝不住，就说："你该讲点儿道理！"

常富看着阿坚伯，责怪地说道："你别多管闲事！"常富推开了阿坚伯，大声地嚷嚷道："水英，水英！"一边喊着一边就径直向着屋内走去。

☆不一会儿，常富大喊大叫地来找水英，原来他是担心自家的房子地势低，怕堤外江水越涨越高，漫上岸来，非淹不可。"别嚷嚷！水英在睡觉。"阿坚伯劝他，"你说你家地势低，水英家比你家要低得多。可人家全不顾这些，一心一意为集体。你呀，你快回去吧！"常富非要找水英解决不可，睡觉也要找。他还责怪阿坚伯："你别多管闲事！"

常富执意要进屋，阿坚伯拦住他说道："哎，别把鸡汤碰翻！"

　　常富一听，惊讶地反问道："什么？鸡汤？"

　　接着常富把桌子上放着的砂锅的盖子拿掉，一看，指着鸡汤开始大发牢骚："好哇！难怪人家说：有的干部胳臂往外拐，好处自己端，社员活遭灾！"

　　阿坚伯听常富这么说，非常生气，看着常富问："这话是谁说的？"

　　常富看着阿坚伯不耐烦地说："这你别管。"

　　阿坚伯这时见常富不说，就生气地说道："你不说我也知道。"

　　常富接着说道："你知道也好，不知道也好，反正人家说得对。扔着社员不管，自己睡大觉，喝鸡汤。这算什么书记！这算什么干部！"

☆常富执意要进屋，阿坚伯拦住他："别把鸡汤碰翻！"常富指着鸡汤大发牢骚："好哇！难怪人家说：有的干部胳臂往外拐，好处自己揣，社员活遭灾！"阿坚伯问他："这话是谁说的？""这你别管。""你不说我也知道。""你知道也好，不知道也好，反正人家说得对。扔着社员不管，自己睡大觉，喝鸡汤。这算什么书记！这算什么干部！"

　　一听常富说这话，阿坚伯气极了，看着常富怒喊道："住口！"

　　阿坚伯强压住自己的怒火，看着常富说道："你知道吗？人家水英为了关心社员生活，为了减轻国家负担，带着病泡在秧田里，没日没夜地苦干。她，每天半夜起身，为大家烧好茶水，修好农具；天天晚上，走东家，奔西宅，解决社员困难，安排集体生产。几天来，眼熬红了，人累瘦了，可她一声不吭，越干越猛。昨天差点晕倒在田头，是大伙儿硬把她拉回家来的。"

☆一听这话，阿坚伯气极怒喊："住口！你知道吗？人家水英为了关心社员生活，为了减轻国家负担，带着病泡在秧田里，没日没夜地苦干。她每天半夜起身，为大家烧好茶水修好农具；天天晚上，走东家奔西宅，解决社员困难，安排集体生产。几天来，眼熬红了，人累瘦了，可她一声不吭，越干越猛。昨天差点晕倒田头，是大伙儿硬把她挽回家来。"

　　阿坚伯越说越生气，指着常富大声地说："可是你，竟然听信流言，出口伤人，只顾自己，不顾别人，自私自利，

115

是非不分，真是岂有此理！"说到这儿，阿坚伯指着常富厉声斥责道，"自从大坝筑成后，咱水英更加忙不休。她带领群众苦战三千亩，废寝忘食、抱病操劳夺丰收。你整天自留地上来奔走，她日夜大田插秧热汗流。你只知伸手要补救，她千方百计自力更生争上游。"

☆阿坚伯越说越气："可是你，竟然听信流言，出口伤人，只顾自己，不顾别人，自私自利，是非不分，真是岂有此理！"他厉声斥责常富，"自从大坝筑成后，咱水英更加忙不休。她带领群众苦战三千亩，废寝忘食、抱病操劳夺丰收。你整天自留地上来奔走，她日夜大田插秧热汗流。你只知伸手要补救，她千方百计自力更生争上游。"

　　阿坚伯一席话让常富低下了头。阿坚伯这时怒气冲天地严词责问："你只怕江水淹到家门口。她为筑坝带头跳进截江流。这样的好书记人人夸不够，你思一思，想一想，你胡言乱语多荒谬，难道不害羞?!"

　　常富被批得无言以对，强词夺理："什么？我不害羞？跟你说没有用，我还是要找支部书记。"一边说一边冲向

116

了屋子的门前，高喊着："水英，水英！"推着屋门就要进去。

☆阿坚伯一席话让常富低下了头。阿坚伯怒气冲天严词责问："你只怕江水淹到家门口。她为筑坝带头跳水截江流。这样的好书记人人夸不够，你思一思，想一想，你胡言乱语多荒谬，难道不害羞?!"常富被批得无言可对，强词夺理："什么，我不害羞？跟你说没有用，我还是要找支部书记。"边说边冲向屋门，高喊："水英，水英！"

　　没有想到，从相反的方向传来江水英的声音："嗳——"常富听到江水英的答应声后，非常愕然，只见他赶紧转过身来，朝着江水英喊声的方向望去。只见这时曙光微微地露了出来，布谷鸟叫着，江水英拿着外衣，边走边擦汗，后面跟着的阿莲和另一个社员拿着量水标尺、手电筒等工具，从村外走回家来。

　　江水英来到常富的跟前，问道："常富叔，您找我有什么事？"常富看到江水英这个样子，又转身看了看阿坚伯，觉得自己刚才对阿坚伯说的话有点不好意思了，阿坚伯看了看常富，也没有说什么。这时常富对着江水英尴尬地说道："呃，我……我没什么事。"

☆没想到从远处传来江水英的声音："嗳——！"常富愕然，转身望去，只见曙光微露，布谷鸟鸣，江水英拿着外衣，边走边擦汗，后面跟着阿莲和另一个社员拿着量水标尺、手电筒等工具，从村外走回家来。江水英问："常富叔，您找我有什么事？"常富尴尬地："呃，我……我没什么事。"

阿坚伯看着江水英从外面回来，就知道水英肯定又没有好好睡觉，就走上前关切地问道："水英，你又是一夜没有睡觉呀？！你怎么受得了啊？"

阿莲抢着对阿坚伯说："她领着我们在九湾河里，查看水情，测量水位。"

阿坚伯看了看江水英，心疼地说："看你，衣服都湿透了！"

江水英微笑着对阿坚伯说道："没什么。阿坚伯，江水上涨得比昨天还快。这样下去，万一漫进堤来，五百亩秧田也要受淹。"

阿坚伯听了之后，心情沉重地说："这事情可严重了！"

江水英点点头："这也是我担心的啊。"她想了想说："我们应该马上组织劳力，加高河堤，坚持送水，保住大田。"

阿坚伯听了之后，点点头，赞同地说："这个办法好啊！"

江水英说："我想，咱们的劳动力可能会紧张一些，但是依靠群众是完全可以解决的。走，咱们到各队去看看。"

☆阿坚伯问："水英，你又是一夜没睡呀？！"阿莲说："她领着我们在九湾河里查看水情，测量水位。"江水英担心的是江水上涨很快，万一漫进堤来，五百亩秋田也要受淹。必须马上组织劳力，加高河堤，坚持送水，保住大田。阿坚伯同意这个办法。江水英说："我想劳力可能紧张一些，但是依靠群众是完全可以解决的。走，咱们到各队去看看。"

刚走了没有几步，江水英忽然觉得头部一阵眩晕。阿坚伯、阿莲看到后，急忙上前，扶着江水英坐在了石凳上。

阿坚伯关切地对江水英说："水英，怎么啦？是不是身体不舒服啊？"

江水英坐了一会儿，身体稍微缓过来了一点，不过她还是硬撑着对阿坚伯说："别担心，我没什么。"

阿坚伯知道江水英这是累得，于是就心疼地说："水英，你还是快去休息吧！身体可是革命的本钱啊。"

江水英知道阿坚伯关心自己，但是现在的事情确实多，自己也确实脱不开身，就看着阿坚伯说道："阿坚伯，咱大队百十户人家千把双手，日夜苦战在田头，男男女女，老老少少，劲往一处使，汗往一处流，想的是堤内大田创高产，盼的是三千亩上夺丰收。在这个时候，我怎么能歇得下呢?！"

☆刚走了几步，江水英忽感一阵晕眩。阿坚伯、阿莲急忙上前，扶她坐下。阿坚伯催她快去休息，江水英说："阿坚伯，咱大队百十户人家千把双手，日夜苦战在田头，男男女女，老老少少，劲往一处使，汗往一处流，想的是堤内大田创高产，盼的是三千亩上夺丰收。在这个时候，我怎么能歇得下呢?！"说着她支撑着站起来，"咱们马上走！"

阿坚伯听了之后，看着江水英，更加心疼地说："可你……"

江水英已经支撑着站起来，对自己身边的阿莲说道："咱们马上走！"

"等等！"看到江水英都已经这样了，还要强撑着站起来，继续工作，阿坚伯捧起自己送过来的放在江水英家桌子上的砂锅，递给江水英，深情地说："孩子，你太累了，先喝一口暖暖身子吧！"

江水英一看阿坚伯手里捧着的是鸡汤，顿时感觉有一股暖流涌上了心田。她感动异常地看着阿坚伯说道："阿坚伯，您……"没等江水英把感激自己的话给说出来，阿坚伯打断她，催促着说道："快喝吧！"

☆"等等！"看到江水英又要走，阿坚伯捧起砂锅，深情地说，"孩子，你太累了，先喝一口暖暖身子吧！"江水英一看是鸡汤，一股暖流涌上心田："阿坚伯，您……"阿坚伯催促她："快喝吧！"常富在一旁也颇受感动，挥手示意："喝吧！"

常富一直在一旁看着，也被眼前的景象给感动了。只见他一挥手，对着江水英说道："喝吧！"

正在这时，听到阿更在不远处大声地喊着："水英同志！"紧接着，阿更和一男一女两个社员匆匆地赶过来了。

听到喊声，江水英将手里的砂锅放在了石桌子上。阿更来到江水英的跟前，说道："县委书记老高从后山打来电话，问这里的水位情况。我已经汇报了。"

江水英听了情况汇报以后问："你有没有问老高同志，后山的虎头岩打通了吗？"

阿更接着回答道："问过了，没有打通。"

江水英听了之后，说道："还没有打通？"说着又陷入

☆阿更和几个社员匆匆赶来，告诉江水英：县委高书记从后山打来电话，问这里的水位情况。江水英问："你有没有问高书记，后山的虎头岩打通了吗？""问过了，没打通。""还没打通？"江水英思考着。阿更又说："因为劳力紧张，县委正向各公社抽调民工。"阿坚伯问："有没有我们的任务？""高书记特别关照，我们队的劳力也很紧张，不要出民工了。"

了沉思。阿更接着又说道："因为劳力紧张，县委正向各公
社抽调民工。"

　　阿坚伯听了之后，看着阿更问道："有没有我们的
任务？"

　　阿更这时接着又说道："老高同志特别关照，我们队的
劳力也很紧张，不要出民工了。"

　　"不行！"江水英说道，"这是领导对我们的照顾。可是
虎头岩打不通，这儿水再多也送不到后山。阿坚伯这时说
道："我们应该主动派劳力去支援！"江水英补充说道："而
且越快越好！"阿坚伯、阿莲和大部分社员齐声赞同：
"对！"

　　☆"不行！"江水英说，"这是领导对我们的照顾。可是虎头岩打不通，这
儿水再多也送不到后山。"阿坚伯建议说："我们应该主动派劳力去支
援！"江水英补充道："而且越快越好！"阿坚伯、阿莲和大部分社员齐
声赞同："对！"

可是也有人一下子难以赞同。常富对着站在自己身旁的一个社员小声地嘀咕道："我们自己都顾不过来，还管那么远哪？"

　　阿更就在常富的不远处站着，也清楚地听到了常富说的话，犹豫地说道："这……"

　　站在常富身边的那个社员说道："这的确是个问题呀！"这时大家伙开始议论了起来，阿更也犹豫起来，因为队里的救灾工作也实在是缺人手啊！

☆可是也有人一下子难以赞同，常富和一些社员嘀咕着："我们自己都顾不过来，还管那么远哪？""这的确是个问题啊！""这……"阿更也犹豫起来，因为队里的救灾工作也缺人手啊！

　　江水英这时左顾右盼，思索了片刻，对着同志们亲切地说道："同志们来。"这时候正是晨曦辉映，春莺百转。这时只见江水英从外衣的口袋里取出来了毛主席著作，把大家召集到大树下，对着大家接着说道："我们一起来学习《纪念白求恩》！"

大家听了之后高兴地说道："好！"说着，大家高兴地依次簇拥在了江水英的身边。

　　江水英看大家都到齐了，还都已经做好了准备，等待着听自己念，于是她就开始念起来了："白求恩同志是加拿大共产党员，五十多岁了，为了帮助中国的抗日战争，受加拿大共产党和美国共产党的派遣，不远万里，来到中国。先到延安，后来到五台山工作，不幸以身殉职。一个外国人，毫无利己的动机，把中国人民的解放事业当作他自己的事业，这是什么精神？"

　　大家听了之后，被白求恩这种专门为人、毫不利己的精神所感动了，大声地喊道："这是共产主义的精神！"

☆江水英环顾左右，思索片刻，从外衣口袋里取出毛主席著作，把大家召集到大树下一起学习《纪念白求恩》。江水英念道："白求恩同志是加拿大共产党员，为了帮助中国的抗日战争，不远万里，来到中国。……一个外国人，毫无利己的动机，把中国人民的解放事业当作他自己的事业，这是什么精神？"大家齐声回答："这是共产主义的精神！"

江水英听了大家的回答，心里感到非常欣慰，她大声地说："对！这是国际主义的精神，这是共产主义的精神，每一个中国共产党员都要学习这种精神。"

　　江水英看着大家，接着说道："手捧宝书满心暖，一轮红日照心间。毫不利己破私念，专门利人公在先。有私念近在咫尺人隔远，立公字遥距天涯心相连。读宝书耳边如闻党召唤，似战鼓催征人快马加鞭。"在江水英的启发下，社员们都提高了认识，群情激昂。此时的天空中像社员的心情一样，彩云万朵，霞光四射。

☆"手捧宝书满心暖，一轮红日照胸间。毫不利己破私念，专门利人公在先。有私念近在咫尺人隔远，立公字遥距天涯心相连。读宝书耳边如闻党召唤，似战鼓催征人快马加鞭。"在江水英的启发下，社员们提高了认识，群情激昂。

　　阿更这时首先站起来，对着江水英坚决地表明了自己的态度："我们应该派人去支援！"

　　大家听了之后，也都点点头，都从心里同意派人去后

126

山支援了。

　　江水英见大家已经没有了什么意见，就向大家提出："咱们合计一下，派人去后山，这样，队里人手少了，活儿可更重了，秧要抢栽，堤要加高，这些都要安排安排。"阿更这时先说道："我们把窑上的所有劳力都抽到大田来！"

　　阿莲听了江水英的安排之后，提出了自己的建议："我们应该把看家的、上学的也都组织起来！"

　　其中有一个社员又提议说："咱们应该学会苦干加巧干，一个顶俩！"

　　阿坚伯也提出了自己的想法："再把机械、耕牛重新调配，进一步挖掘潜力，一定能够抽出人手支援后山！"

　　☆大家都同意派人去后山支援。江水英提出：要合计一下，队里人手少了，活儿更重了，秧要抢栽，堤要加高，要好好安排。人们你一言我一语地出谋划策，进一步挖掘潜力，认为一定能够抽出人手支援后山！阿莲要求："水英姐，支援后山的任务交给我们青年突击队吧！"江水英高兴地说："好，我和你们一起去！"

大家都很同意阿坚伯的建议，都纷纷点点头，大声地说："对！"

　　阿莲走上前，主动向江水英请战。她代表团支部、代表青年突击队向江水英提出要求："水英姐，支援后山的任务交给我们青年突击队吧！"

　　江水英毫不犹豫地同意了阿莲的要求，并高兴地对阿莲说："好！到时候我和你们一起去！"

　　阿坚伯听道江水英又要参加突击队，非常担心她的身体，就上前劝阻道："水英，你这几天身体不好，我去吧。"

　　江水英知道阿坚伯这是在关心自己的身体，就微笑着

☆阿坚伯上前劝阻道："水英，你这几天身体不好，我去吧。"江水英语重心长地对阿坚伯说："不，家里的担子也很重，随着江水不断上涨，斗争一定更加尖锐。阿坚伯，咱们都是支部委员，志田又不在家，您要多多操心了！"阿坚伯郑重地说："你放心吧，再大的风浪我们也能顶得住！"江水英深切地点头："再见！"立即带领阿莲他们奔赴后山。

对阿坚伯语重心长地说："不，家里的担子也很重，随着江水不断上涨，斗争一定更加尖锐。阿坚伯，咱们都是支部委员，志田又不在家，您要多多操心了！"

阿坚伯听了之后，觉得江水英说得很有道理。他就对江水英点点头，郑重地说："孩子，你就放心吧，再大的风浪我们也能顶得住！"

江水英听了之后，深切地点点头，说道："再见！"说完取了自己的衣服，转身立即带领阿莲他们奔赴后山去了。

第七章

后山防旱

三天后的下午，虎头岩陡峭险峻，近处梯田层叠，远处山峦蜿蜒。工地上红旗迎风招展如画，这里的工程虽然进展得很艰难，但是工地上的人们斗志昂扬，展现出一派战天斗地的动人景象。江水英和阿莲正在忙着打炮眼。阿更在忙着连接导火索，然后用小旗与指挥爆破的后山民工联系着。这里的人们都在埋头忙着自己手里的活，谁也没

☆三天后的下午。虎头岩陡峭险峻，山峦蜿蜒，这里的工程虽然进展艰难，但工地上人们斗志昂扬，展现出一派战天斗地的动人景象。江水英和阿莲正在打炮眼。阿更在忙着连接导火索，然后用小旗与指挥爆破的后山民工联系。

有一点时间闲下来稍微休息一下。大家的干劲十足，热火朝天地赶着完成工程的时间。大家在心里觉得，紧紧抓住任何时间，为夺取最后的胜利尽一份自己的力量。

正在这时，一位民工对着岩石下喊道："大家注意喽，马上就要点炮啦！隐蔽！"

喊话以后，指挥爆破的后山民工招呼江水英、阿莲、阿更他们赶紧从岩石下上来，迅速躲到隐蔽的地方。正在这时，盼水妈胳臂上挎着外衣，提着水桶，水桶上还挂着一个小水壶快步走过来了。她这是来给大家送水来了。盼水妈边快步地走着，边对忙活着大家喊道："同志们，大家来喝水呀！"

后山民工也看到了盼水妈走过来了，赶紧对着盼水妈喊："哎，盼水妈，别过来，这边危险哪！快躲开点，这边

☆"大家注意喽，马上就要点炮啦！"指挥爆破的后山民工招呼江水英、阿莲、阿更他们从岩石下上来隐蔽。随着一声号令，岩下传来一阵轰然巨响，然后是一阵叫好欢呼声。后山民工高兴地对江水英他们说："两天的活叫你们一天干完了！照这样，明天就能打通虎头岩啦！"

危险!"

后山民工转身,对着岩石下面喊道:"准备——点炮!
同志,快上来! 快!"

阿更、阿莲和江水英先后从岩下攀登上来了。盼水妈
听到喊声,赶紧放下了水桶,将自己的衣服盖在了桶上。

随着一声号令,岩下传来一阵轰然巨响,然后是一阵
叫好欢呼声。这时,后山民工高兴地对江水英他们说道:
"两天的活叫你们一天干完了! 照这样,明天就能打通虎头
岩啦!"

阿更、阿莲和后山民工都高兴地继续干活去了。

为答谢前来支援的人们,盼水妈从十里外打来了水,

☆为答谢前来支援的人们,盼水妈从十里外打来了水,在工地上等候。
她给江水英送上水,夸她是好样的。江水英说:"老妈妈,路远坡陡
的,您这么大年纪还来给我们送茶水……"盼水妈说:"嗐,这算得
了什么。听说龙江水要到了,我这两天高兴得怎么也睡不着。要是能
在这虎头岩下,亲眼看一看、亲口尝一尝那滚滚流来的龙江水,心里
该有多甜哪!"

在工地上等候着大家。盼水妈这时对江水英说道："同志，辛苦了！来，喝一口我从十里以外打来的水。"江水英赶紧接过来盼水妈递过来的水，看着盼水妈感激地说道："谢谢您。"

盼水妈握住江水英的手，充满感激地看着她，激动地说："这些重活都让你们抢着干完了，真是好样的！"

江水英听了之后，微微一笑，关切地对盼水妈说道："老妈妈，路远坡陡，您这么大年纪，还来给我们送水……"

盼水妈则对江水英说道："嘻，这算得了什么。听说龙江水要到了，我这两天高兴得怎么也睡不着。要是能在这虎头岩下，亲眼看一看、亲口尝一尝那滚滚流来的龙江水，

☆江水英问："可是龙江水到现在还没流到你们这儿！您说来得及吗？"盼水妈说："同志啊，有了人民公社，人心齐，力无比。来得及，来得及！"江水英有些愧疚地说："老妈妈，龙江大队送水的责任还没尽到啊！"盼水妈不大高兴了："同志，真是不挑担子不知重啊！龙江大队为了送水，在自己家门口堵了江，淹了三百亩高产田。"

心里该有多甜哪！"

　　江水英听盼水妈说完，有些不好意思地说："可是龙江水到现在还没有流到你们那儿！"

　　盼水妈看了看江水英，信心十足地说："快了，快了。"

　　江水英看着盼水妈接着问："您说来得及吗？"

　　盼水妈坚定地说："来得及。同志啊，有了人民公社，人心齐，力无比。来得及，来得及！"

　　江水英听了盼水妈说的话之后，心里觉得有点惭愧，就有些愧疚地说道："老妈妈，龙江大队送水的责任还没有尽到啊！"

　　盼水妈见江水英说话这么客气，就有点不高兴地说道："什么，龙江大队还没有尽到责任？同志，真是不挑担子不知重啊！龙江大队为了送水，在自己家门口堵了江，淹了三百亩高产田。"

　　"你瞧，"盼水妈把一个军用水壶高高举起来，对着大

　☆"你瞧，"盼水妈把一个军用水壶高高举起，"他们江书记还给我送来了这壶风格水。我一直舍不得喝，看一看就浑身是劲哪！"

家接着说道："他们支部书记江同志还给我送来了这壶风格水。我一直舍不得喝，看一看就浑身是劲哪！"

上次那个小姑娘也就是盼水妈的孙女小红去龙江大队的时候，江水英那时给小红一个水壶，小红带回来之后，盼水妈就一直带在了自己的身边，走到哪儿，就带到哪儿，从来就没有让这个水壶离开过自己。在盼水妈看来，这个水壶不仅仅就是一个水壶，更是代表着龙江大队的恩情。盼水妈打心眼里是非常感谢龙江大队的。

江水英仔细一看盼水妈拿出来的这个水壶，立即就想到了这是自己送给后山过去龙江的那个小姑娘小红的，她现在脑海里还清楚地记得当时小红讲的她奶奶盼水妈的故事。江水英激动地看着眼前的这个老妈妈，亲切地问："您是盼水妈？"

☆江水英看见这水壶就明白了，激动地问："您是盼水妈？"盼水妈还不明白："你？"江水英说："我是龙江大队的。"盼水妈仍旧不敢肯定地："你，你是江书记？"江水英说："盼水妈，您就叫我水英吧。"

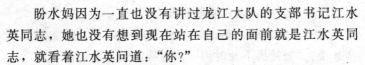

　　盼水妈因为一直也没有讲过龙江大队的支部书记江水英同志，她也没有想到现在站在自己的面前就是江水英同志，就看着江水英问道："你？"

　　江水英接着说："我是龙江大队的。"

　　盼水妈看着江水英仍旧不敢肯定地说："你，你是江书记？"

　　江水英笑着对盼水妈亲切地："是呀！"

　　盼水妈高兴地说："我是盼水妈。天天想，夜夜念，没想到在这里见到了江书记。"

　　江水英对盼水妈说："盼水妈，您就叫我水英吧。"

　　"水英！"盼水妈这时再也抑制不住自己的情绪了，只见她激动地扑向江水英，双手紧紧地握住江水英的手臂，亲切地说道，"孩子！龙江兄弟情谊深，舍己为人风格新。

☆"水英！"盼水妈激动地扑向江水英，双手紧紧握住江水英的手臂，"孩子！龙江兄弟情谊深，舍己为人风格新。旱天送来及时雨，点点滴滴润在心。"江水英也深情地说："公社播下及时雨，点点滴滴是党恩。"盼水妈感动得流下泪水："你说得好哇！"

139

旱天送来及时雨，点点滴滴润在心。"

江水英听着盼水妈的句句感激的话，看着盼水妈也深情地说："公社播下及时雨，点点滴滴是党恩，是党恩。"

盼水妈听了江水英说的话之后，流出了感激的泪水，她伸出手来拭去了自己眼角的泪水，对江水英竖起了大拇指，感激地说："你说得好哇！"

江水英看着盼水妈亲切地说道："盼水妈，我正想找您。"

江水英一边说着一边扶着盼水妈一起坐到了一个小土墩上："来，您先坐在这儿。"盼水妈一边坐下，一边拉住江水英着急地问："什么事？"

江水英压低声音对盼水妈说："我想跟您打听一个人。"

☆江水英扶盼水妈坐下，向她打听一个人——解放前住在后山的黄国忠，过去的名字叫王国禄。一提起王国禄，盼水妈猛然起身："他，他在哪儿？"江水英也站了起来："解放前夕他逃到龙江村去了。"盼水妈双眼喷出仇恨的怒火："这只披着人皮的豺狼！要是在解放前，遇到今年这样的特大旱灾，真不知有多少穷人要受他的压榨，遭他的毒手哇！"

盼水妈听了，机警地问："谁？"

江水英继续说："解放前是你们这儿的人，他的名字叫黄国忠。"

盼水妈听了之后，惊讶地反问道："黄国忠？"似乎没有听说过这个名字。

江水英接着说："根据我们初步调查，他过去的名字叫王国禄。您知道这个人的情况么？"

盼水妈听了之后，惊讶地说："王国禄！"随后盼水妈猛地站起来，有点愤怒地问："他，他现在在哪儿？"

江水英也站了起来，接着对盼水妈说："解放前夕他逃到龙江村去了。改成了现在的名字黄国忠，在我们那儿当了烧窑匠。"

☆盼水妈沉痛地诉说着："旧社会咱后山十年九旱，要水更比登天难。我爹娘生下我取名叫盼水，水未盼到我的泪盼干。丁亥年遇大旱，咱穷人缺水遭灾难，我的儿虎头岩下找到山泉。狗地主将水源强行霸占，指派那王国禄把守泉边。乡亲们怒火满腔到此来争辩，王国禄，手段毒辣，横暴凶残，可怜我儿，惨遭枪杀血染山岩。那年月多少人为水死得惨！"

听了江水英说出黄国忠的下落以后，盼水妈的双眼喷出仇恨的怒火，愤怒地说："我认识他！他就是一只披着人皮的豺狼！要是在解放前，遇到今年这样的特大旱灾，真不知道有多少穷人要受他的压榨，遭他的毒手哇！"

盼水妈接着沉痛地诉说："旧社会咱后山十年九旱，要水更比登天难。我爹娘生下我取名叫盼水，水未盼到我的泪盼干。丁亥年遇大旱，咱穷人缺水遭灾难，我的儿虎头岩下找到山泉。狗地主将水源强行霸占，指派那王国禄把守泉边。乡亲们怒火满腔到此来争辩，王国禄，手段毒辣，横暴凶残，可怜我儿，惨遭枪杀血染山岩。那年月多少人为水死得惨！"

盼水妈的几句话就说出了黄国忠这个地主爪牙的凶残和给人民群众造成的伤害，江水英一边听一边思索着：这

☆说到新社会，提到毛主席，盼水妈激情满怀："……春雷响，天地变，毛主席把阳光雨露洒满人间。何惧眼前遇大旱，一方有难八方来支援。劈山引水与天战，但愿得龙江水早到后山。"

龙 江 颂

个阶级敌人很可能就是黄国忠——也就是以前后山的王国禄。

说到现在的新社会，提到毛主席，盼水妈立刻激情满怀了起来："……春雷响，天地变，毛主席把阳光雨露洒满人间。何惧眼前遇大旱，一方有难八方来支援。劈山引水与天战，但愿得龙江水早到后山。"

了解了盼水妈的血泪家史和后山人的盼水心愿，江水英更觉肩上的责任重大，她紧紧握住盼水妈的双手，情深谊切地说："盼水妈，今天，有毛主席、共产党领导，您的心愿一定能实现！"

☆了解了盼水妈的血泪家史和后山人的盼水心愿，江水英更觉肩上的责任重大，她紧紧握住盼水妈的双手，情深意切地说："盼水妈，今天，有毛主席、共产党领导，您的心愿一定能实现！"

正在这时，江水英听到了远处阿莲的喊声："水英姐！"江水英抬头一看，只见阿莲一边喊着一边和阿更一起急匆匆地跑了过来。

143

阿莲一路小跑来到江水英的面前，来不及喘口气，就赶紧说："家里来电话说，水位猛涨，秧田受到严重威胁！"

阿更接着阿莲的话连忙说："可这儿水还没有流到，高坎地上的麦叶都上黄了！"

江水英听了之后十分焦急，目前最大的难题就是：水怎样才能尽快送过来呢？一边是猛涨的江水，一边是饥渴的秧苗，真是……

☆阿莲、阿更跑来向江水英报告："家里来电话说，水位猛涨，秧田受到严重威胁！""可这儿水还没流到，高坎地上的麦叶都上黄了！"江水英听了十分焦急，最大的难题是：水怎样才能尽快送过来呢?！盼水妈也念叨着："水呀！"

盼水妈听了他们俩的话，也在念叨着："水呀！"

阿更将自己手里拿着的麦棵举到了大家的面前，让大家看看。

江水英从阿更的手里接过来麦棵，拿在手里看了看。随后，她毅然决然地说："现在，时间就是粮食。我们应当提高水位，加快送水！"

　　阿更听了之后，担心地说："那我们的秧田就难保了！"

　　江水英听了之后，又补充说："看来，还有三千亩大田、十几户住房都要受到影响，我们必须赶紧采取措施！"

☆阿更把手里拿着的上黄的麦棵给江水英看。江水英毅然决然地说："现在，时间就是粮食。我们应当提高水位，加快送水！"阿更说："那我们的秧田就难保了！"江水英补充道："看来，还有三千亩大田、十几户住房都要受到影响，我们必须赶紧采取措施！"

　　盼水妈听了之后，转过身来，看着江水英担心地说："你们的负担更重了！"

　　江水英则拉住盼水妈的手，满怀深情地说："盼水妈，手心手背都是贫下中农的肉，山前山后都是人民公社的田哪！"

　　随后江水英松开了盼水妈的手，转过身子看着阿莲果断地说："阿莲，你们继续帮助打通虎头岩。"给阿莲安排完任务，江水英接着又转过身子，对阿更说，"阿更，咱们

立即去县委汇报情况。然后，还要连夜赶回大队安排下一
步的行动任务。"

　　阿莲和阿更听了江水英的安排后，纷纷点点头，答道：
"好。"说完，他们就要分头行动了。

☆盼水妈担心道："你们的负担更重了！"江水英拉着盼水妈的手说："盼
　水妈，手心手背都是贫下中农的肉，山前山后都是人民公社的田哪！"
　她转身果断地吩咐阿莲，继续帮助打通虎头岩；让阿更和她一起去县委
　找高书记汇报，然后，连夜赶回大队。说完，他们就分头行动。

　　"等等！"盼水妈见江水英要连夜赶路，急忙取了件衣
服给江水英送上前，并关切地说道："晚上赶路风寒露冷，
拿件衣服去。"

　　江水英看到盼水妈给自己拿来了衣服，连忙说："不
用了。"

　　盼水妈看着江水英深情地叫道："孩子！"

　　江水英感谢盼水妈把自己当孩子般疼爱，深情地告别
道："盼水妈，急切中说不尽话语万千，您的血海深仇一定

得报，龙江甜水一定及时流到后山！夏收时再见面共庆丰
年！"说完她就转身和阿更匆匆就走了。

☆"等等！"盼水妈见江水英要赶夜路，急忙取了件衣服送上："晚上赶路
　风寒露冷，拿件衣服去。"江水英感谢盼水妈把自己当孩子般疼爱，深
　情地告别道："盼水妈，急切中说不尽话语万千，您的血海深仇一定得
　报，龙江甜水一定及时流到后山！夏收时再见面共庆丰年。"说完转身
　匆匆走了。盼水妈望着她的背影感动万分。

　　盼水妈手里拿着衣裳，追着叫道："水英！水英！"盼
水妈望着江水英的背影，感动万分。

第八章

闸上风云

第二天的上午，九龙江畔的公字闸前。宏伟的公字闸屹立在九龙江畔，闸上红旗飘扬。一位龙江大队男社员手里拿着工具急忙忙地跑过来了。男社员大声地喊道："同志们！沿岸秧田进水，赶快抢救！"

☆第二天上午，九龙江畔的公字闸前。龙江大队的社员大声喊着："同志们！沿岸秧田进水，赶快抢救！"其他社员听到喊声，急忙手持工具往秧田方向跑去。

男社员边喊着边朝着另一个地方去了。其他社员听到喊声后，都急忙拿起自己的工具往秧田的方向跑去。

正在这时，常富急急忙忙地跑了过来，拦住了走在社员们后面的宝成。常富对宝成焦急地说道："宝成，水都快淹到咱家门口啦！快跟我回去搬家！"

宝成听了常富这么一说，觉得在这个时候还是只想着自己的小家，就不同意父亲的话了，只见他看着父亲满脸不愿意地说道："爹，抢救大队秧田要紧！"

常富听宝成这么说，就不高兴地说："傻孩子，你家都不要啦？"

宝成则不赞同父亲的说法，看着常富批评道："你这是个人主义！"

看宝成不但不按自己说的去做，还在批评自己，常富心里的火直往上撞，他大声地呵斥道："你哪儿像我的儿子！"

☆常富赶来拦住儿子宝成："水都快淹到咱家门口啦！快跟我回去搬家！"宝成不干："爹，抢救大队秧田要紧！""傻孩子，你家都不管啦？""你这是个人主义！""这哪儿像我的儿子！"宝成气愤地："我要像你就糟了！"话没说完，甩开常富的手就跑了。常富继续往前追。

宝成听常富这么一说，也气愤地说："我要是像你就糟了！"说完，甩开常富的手就跑了。

常富看宝成跑了，还是心有不甘，就继续往前追着宝成，打心里还是希望宝成能跟自己回家搬家去。

就在此时，外出砍柴五天的李志田，风尘仆仆地赶回了龙江大队。李志田边快步地走着，边兴奋地说道："砍柴草餐风宿露五天整，兴冲冲快步如飞回江村。"他脚步还没有站稳，就看见黄国忠拉着常富冲着他走来了。

☆就在此时，外出砍柴五天的李志田，风尘仆仆地赶回龙江大队："砍柴草餐风宿露五天整，兴冲冲快步如飞回江村。"他脚步还没站稳，就看见黄国忠拉着常富冲着他走来。

黄国忠和常富迎了上来。常富看到了李志田，就上前赶紧叫苦道："哎呀，大队长，你可回来了！"

黄国忠不等李志田说话，就赶紧接着常富的话，添油加醋煞有介事地说道："咱们村可乱了套啦！"

李志田听他们俩这么一说，心里咯噔一下，一怔，看

着他们俩赶紧问道:"怎么啦?"

黄国忠见李志田还什么事都不知道,就赶紧上前,对李志田说道:"你看,江水一个劲儿猛涨,咱们五百亩秧田都淹了一半儿啦!"

李志田心里想,自己走的时候还是好好的,这怎么才几天的工夫,就发生了这么大的事情呢,他看着黄国忠和常富惊讶地喊道:"啊?!"

☆黄国忠和常富迎了上来。常富喊道:"哎呀,大队长,你可回来了!"黄国忠煞有介事地说:"咱们村可乱了套啦!"李志田一怔:"怎么啦?"黄国忠说:"你看,江水一个劲儿猛涨,咱们五百亩秧田淹了一半儿啦!""啊?!"李志田大惊。

常富这时赶紧上前,唠叨着:"房子也危险了!水英家已经进水了,我家也快啦!"

李志田这时已经意识到了事情的严重性,就看着黄国忠和常富问道:"水英呢?"

黄国忠这时脸猛地沉了下来,鼻子里"哼"了一声,

这分明是对江水英不满，只见他带着满脸怨气地说道："她丢下大队不管，还带着些人跑到后山去发扬风格！"

李志田听黄国忠这么一说，火"噌"地就来了，只见他恼火地说道："这，这是怎么搞的！"

常富这时哭丧着脸，对李志田说："你是大队长，你快点拿个主意吧！"

黄国忠这时也怂恿李志田说："大伙儿都在说，现在没有别的办法，只有破掉拦水坝！"

☆常富叨唠着："房子也危险了！水英家已经进水了，我家也快啦！"李志田问："水英呢？"黄国忠鼻子里"哼"了一声："她丢下大队不管，还带着些人跑到后山去发扬风格！"李志田更恼火了："这，这是怎么搞的！""你快拿主意吧！"常富哭丧着脸。黄国忠也怂恿道："大伙儿都在说，现在没有别的办法，只有破掉拦水坝！"

李志田惊讶地喊道："破坝？"

李志田对黄国忠的提议是坚决否定的，因为他心里知道这要是把坝给破了，会是什么样的结果，这绝对不是他

李志田所能决定的。想到这儿,李志田认真地说:"筑坝是县委的决议,没有县委的指示,不能破坝!"

常富听了之后,看李志田的态度这么坚决,想破坝是不可能了,可是如果那样的话自己的房子那可真的就要被淹了,想到这儿,他看着李志田着急地说:"我的大队长,再这样下去,不但淹掉五百亩秧田,还要淹掉十几户住房啊!"

李志田又何尝不心疼这五百亩秧田和十几户人家的住房啊,可是在这样的危急关头,不是他自己能决定的事情。

李志田看着黄国忠和常富心事重重地说:"不,坝是不能破的……"

黄国忠见这一计不成,想自己不能就这样下去,只见

☆"破坝?"李志田坚决地否定,"没有县委指示,不能破坝!"常富着急地说:"我的大队长,再这样下去,不但淹掉五百亩秧田,还要淹掉十几户住房啊!"李志田心事重重地说:"不,坝是不能破的……"黄国忠又生一计,抢过话头:"那也得把闸门关上!"李志田听了一愣:"关闸断水?"他立即跑向"公字闸"上观察水情。

他眼珠子一转，又生了一计，抢过李志田的话头说道："那也得把闸门关上！"

李志田听了一愣，马上反问道："关闸断水？"说完，李志田立即跑向"公字闸"上开始仔细地观察水情。

李志田正在犹豫，只见这时黄国忠已经来到了李志田的身后，在他的身后继续说道："是啊，何况人家说，旱区早就有水了。"

李志田注意到了黄国忠说的话，猛然回头，看着黄国忠问："你刚才说什么？"

黄国忠又重复了一遍说："我听说旱区有水了！"

李志田听了之后，仍然不相信地反问："当真有水？我怎么不知道啊。"

☆李志田正在犹疑，他身后的黄国忠说："人家说，旱区早就有水了！"李志田闻言猛地回头问："怎么？当真有水？"黄国忠回答："千真万确！"常富也一个劲儿地敲边鼓："你是一队之长，可得为我们群众着想啊！"黄国忠也说："是啊！水火无情，不能再犹豫啦！"李志田横了横心，决定道："关闸！"

黄国忠点了点头，仿佛十分肯定地回答："千真万确！"

常富也在旁边一个劲儿地打着敲边鼓："你是一队之长，可得为我们群众着想啊！"

黄国忠见李志田的心思开始有点动摇，就赶紧接着常富的话茬说："是啊，水火无情，我看咱们不能再犹豫啦！"

李志田听完他们俩的话，横了横心，做了决定："关闸！"

黄国忠看李志田最终还是采纳了自己的建议，心里自然感到非常高兴，他想到自己为能做到这样付出的努力，很担心再错失了这样的好机会。随后，他掩饰住自己内心的狂喜，稍微带点兴奋地喊道："好，关闸！"他的心里也很担心自己被发现，或者是暴露点蛛丝马迹，那么自己之前的所有努力都算白费了，那么自己从后山来到龙江大队隐藏这么久就白搭了，所以他还是很慎重的。

☆黄国忠兴奋地喊着："好，关闸！"他和李志田、常富三人冲向闸门。此时，有人大声喊道："志田，不能关闸！"原来是阿坚伯跑来拦阻他们。

说完，黄国忠和李志田、常富三人就快步冲向闸门。正在此时，有人大声地喊道："志田，不能关闸！"喊李志田的不是别人，正是阿坚伯，只见阿坚伯急忙忙地朝着李志田他们跑来，来拦阻他们。

李志田转身，见是阿坚伯朝着自己跑来，就上前招呼道："阿坚伯！"

阿坚伯来到李志田他们三人的面前，气喘吁吁地对李志田说道："志田，你怎么一回来不问情由，就要关闸？"

李志田听了之后，就回答："江水漫堤岸，应当把闸关！阿坚伯，难道没看到情况么？"

阿坚伯看着李志田又问："关闸断水源，怎能救旱田？"

李志田看着阿坚伯反问："房田遭水淹，责任谁承担？"

阿坚伯严肃地指出："旱灾不得救，损失重如山！"

☆阿坚伯责问李志田："志田，你怎么一回来不问情由，就要关闸？"李志田回答："江水漫堤岸，应当把闸关！"阿坚伯又问："关闸断水源，怎能救旱田？"李志田反问道："房田遭水淹，责任谁承担？"阿坚伯严肃地指出："旱灾不得救，损失重如山！"

李志田不听阿坚伯的劝阻，仍旧要去关闸。阿坚伯纵身登上水闸石阶，拦住李志田："志田耐心听我劝，不能鲁莽把闸关。这闸门直通旱区九万亩，这闸门与阶级亲人血肉紧相连。支委会决定莫违反，水英不在，你我定要把好关。"

☆李志田不听阿坚伯的劝阻，仍旧要去关闸。阿坚伯纵身登上水闸石阶，挡住李志田："志田耐心听我劝，不能鲁莽把闸关。这闸门直通旱区九万亩，这闸门与阶级亲人血肉紧相连。支委会决定莫违反，水英不在，你我定要把好关。"

不料李志田却说道："后山得水已解旱，水英在，也会决定把闸关。"

阿坚伯听了李志田说的话，感到很奇怪，因为在阿坚伯的心里很明白，他不是这么不明白事理的人，今天怎么会这样呢，完全是一点也不为大局着想，阿坚伯想到这儿，觉得，这李志田肯定理解有误，有点误解了。于是阿坚伯就上前，看着李志田问道："后山得水谁曾见？"李志田听后理直气壮地对阿坚伯说道："有人亲口对我言。"

☆不料李志田说："后山得水已解旱，水英在，也会决定把闸关。"阿坚伯感到奇怪，问："后山得水谁曾见？"李志田理直气壮地回答："有人亲口对我言。"

　　阿坚伯还是觉得李志田今天不大对头，看着李志田那生气的样子，自己的心里一点也没有生气，仍然对李志田进行耐心的劝阻，耐心地对李志田提醒道："流言蜚语不可信，贸然关闸太主观。"

　　李志田还是非常坚定地坚持着自己的意见，而且这时在阿坚伯的面前还摆出了大队长的权威："紧急中我有权作出决断！"

　　阿坚伯看着李志田那坚决的样子，觉得眼前的这个李志田不像是以前的那个在自己面前的李志田，阿坚伯看着他，越来越觉得很奇怪，觉得李志田的反应是太反常了。可是阿坚伯又想不出来李志田这是怎么啦，为什么会有这样反常的举动。

☆阿坚伯还是耐心地劝阻，提醒李志田："流言蜚语不可信，贸然关闸太主观。"李志田却坚持自己的意见，还摆出大队长的权威："紧急中我有权做出决断。"

　　"关！"李志田作出决定后，一声令下，冲向了水闸。听到李志田喊出这一声之后，心里最高兴的就应该是黄国忠了。这样离他的计划成功真是越来越近了。他在心里暗暗窃喜着，为自己马上就要取得的胜利高兴着。"关！关！"黄国忠、常富跟在李志田的后面叫唤着。李志田往前冲的时候，被阿坚伯左挡右拦，李志田是用力地摆脱阿坚伯的阻拦，快步跑上"公字闸"，要去关闸门。不料，正在这样紧张的时刻，有好几个人突然出现在闸桥上，拦住了李志田的去路。

　　原来在那样危急的时候出现在闸桥上的不是别人，正是江水英、阿更、宝成和几个社员群众。只见江水英站在李志田的面前，李志田往后倒退了几步，对于突然出现在自己面前的江水英等人，感到非常惊讶。李志田还在纳闷

☆"关！"李志田一声令下，冲向水闸。"关！关！"黄国忠、常富跟在后面叫唤。阿坚伯左挡右拦，李志田用力挣脱，跑上"公字闸"，要去关闸门。不料，有好几个人突然出现在闸桥上，挡住了他的去路。

地看着他们，黄国忠不是说他们都在后山吗？李志田这时稍微地稳定了一下自己的情绪，愣在那里看了看江水英，又看了看在江水英身后的阿更、宝成和那几个社员群众。只见江水英神色严肃地站在那里，一双大眼睛炯炯有神地看着李志田，严厉地告诫说："关闸门断水源责任大如天！"

李志田看着江水英那严肃的表情，急忙上前向江水英解释道："水英，你回来得正好。你知道吗，你的房子已经进水，队里秧田有一半受淹，再这样下去，五百亩秧田全部泡汤了！"

听完李志田说的话，江水英思考着走下了闸阶，看着李志田问："那你说应该怎么办？"

李志田坚定地说："我看应该立刻关闸。"

☆原来是江水英及时赶来，与阿更、宝成、社员群众一起拦住了李志田。江水英严厉地告诫说："关闸门断水源责任大如天！"

☆李志田急忙向江水英解释说："水英，你回来得正好。你知道吗，你的房子已经进水，队里秧田有一半受淹，再这样下去，五百亩秧田全部泡汤了！"江水英思考着走下闸阶，她问李志田："那你说怎么办？"李志田回答："立刻关闸。"江水英问："关闸？断水？"李志田急着征求江水英的意见："不错！你同意吗？"

江水英反问道："关闸？"

李志田点了点头，看着江水英仍然坚定地说："对！"

江水英看着李志田带着疑问："断水？"

李志田急着想征求江水英的意见，就连忙说道："不错！你同意吗？"

江水英没有马上给出李志田明确的答案。江水英稍微思考了一下之后，看着李志田坚定地说道："不能同意。"

李志田本来以为江水英会同意自己提出的建议，对江水英给出的答案，感到非常的意外，看着江水英惊讶地问："什么，不同意？"

江水英这时仍旧坚定地说："非但不能关闸，还要把闸门提高！"

李志田听了之后，不解地看着江水英问道："提高？"

☆江水英坚定地说："不能同意。"李志田非常意外："什么，不同意？"江水英说："非但不能关闸，还要把闸门提高！"李志田不解地："提高？"江水英接着说："开足！"李志田更不懂了："开足？"江水英以不容置疑的语气，大声说："全部开足！"

江水英接着说道："对！我们要开足闸门！"

李志田更加觉得不可思议了，也更加不懂了。他满怀惊讶和疑惑地反问道："开足闸门？我没有听错吧？"

江水英以不容置疑地语气，大声地说："对！全部开足！"

"啊！全部开足？"李志田听到后，震惊了，惊讶地愣在了那里。

江水英点点头，肯定地说道："嗯。"

这时不单单就李志田一个人听了之后会惊讶，就是在场的其他龙江大队的社员听到后也感到非常愕然。

看到江水英如此坚决的态度，李志田很是不理解，问道："哎，旱区不是有水了吗？"

江水英听了之后，对于李志田的问话，肯定地回答道：

☆"啊！全部开足！"李志田震惊了。看到江水英如此坚决的态度，李志田很不理解，问道："哎，旱区不是有水了吗？"江水英回答："没有，这水刚刚流到前山湾，还有七万亩土地滴水未到哇！"黄国忠见自己的谎言已被戳穿，大势已去，阴险地溜走了。有两名警觉的社员悄悄跟在他身后。

166

"没有，这水刚刚流到前山湾，还有七万亩土地滴水未到哇！"

黄国忠见自己的谎言就这样容易地被戳穿了，他的心里现在很明白自己的大势已去，自己再留在这儿已经没有任何的意义，说不定一会儿还会有什么事情发生，想到这儿，就阴险地赶紧溜走了。黄国忠还觉得自己的想法很高明，不会被任何人察觉，其实在他刚刚转身溜出去没有多远的时候，就有两名警觉的社员悄悄地跟在他的身后了。

大家听了江水英说的还有七万亩土地滴水未到的事感到很惊讶，看着江水英吃惊地问道："滴水未到？"

阿坚伯看着江水英问道："为什么？"

江水英看着大家耐心地解释道："咱们这儿水位太低，

☆大家都不明白为什么旱区还没有水？江水英解释说："咱们这儿水位太低，流速太慢了！"大家都着急怎么办？阿坚伯说："人误地一时，地误人一年哪！"江水英说："对，农时不等人，救灾如救火。我们只有提高水位，加快流速，承担最大的牺牲！"

流速太慢了!"大家听了之后，都非常着急，看着江水英问:"这可怎么办?"

阿坚伯听了之后，担心地说道:"人误地一时，地误人一年哪!"

江水英听了阿坚伯说的话之后，肯定地说道:"对，农时不等人，救灾如救火。我们只有提高水位，加快流速，承担最大的牺牲!"大家听了江水英说的话，都觉得很有道理，但面对巨大的损失都陷入了深深的沉思中。

这时李志田上前看着江水英问道:"这，这主意是谁出的?"

江水英面对李志田的质问，用坚定的眼神看着他，肯定地说:"是我。"

☆李志田问:"这主意是谁出的?"江水英答:"是我。""什么，又是你?!"江水英走近，亲切地问:"怎么了?"李志田气呼呼地:"照你这个做法，那就不是五百亩秧田了，咱大队的十几户住房、三千亩的家当就全丢光啦!我问你，这还叫'丢卒保车'吗?"江水英从容回答:"在抗旱这盘棋上，三千亩还是个卒子。"李志田:"啊?哪有这么大的卒子!"

李志田听了之后，惊讶地问道："什么，又是你?!"说完李志田气呼呼地坐在闸对面的石块上。

江水英看着气呼呼的李志田，走近他，亲切地对他说道："怎么了?"

李志田气呼呼地说道："照你这个做法，那就不是五百亩秧田了，咱大队的十几户住房、三千亩的家当就全丢光啦！我问你，这还叫'丢卒保车'吗?"

江水英听李志田说完，依旧很从容地说："在抗旱这盘棋上，三千亩还是个卒子。"李志田听江水英这么说，惊讶地问："啊？哪有这么大的卒子！"

站在一旁的阿坚伯全力支持江水英，慷慨激昂地说："为了保住社会主义这个帅，慢说是卒子，就是马，就是炮，就是车，也要丢！"

☆站在一旁的阿坚伯全力支持江水英，慷慨激昂地说："为了保社会主义这个帅，慢说是卒子，就是马，就是炮，就是车，也要丢！"

这下子可真是惹恼了李志田，李志田愤怒地说："不行！现在我不能不说了！"只见他猛地一拍腿，站起来冲着江水英连珠带炮似的数落道，"当初，淹三百亩的时候，你说是'丢卒保车'，我依了你；牺牲一窑砖，你说是顾全大局，我又依了你。本来，你说是堤外损失堤内补。可你，说了不做，竟然不顾劳力紧张，抽调人力跑到后山！"

☆这下李志田动了气："不行！现在我不能不说了！"他猛一拍腿，站起来冲着江水英连珠炮似的数落道，"当初，淹三百亩的时候，你说是丢卒保车，我依了你；牺牲一窑砖，你说是顾全大局，我又依了你。本来，你说是堤外损失堤内补。可你，说了不做，竟然不顾劳力紧张，抽调人力跑上后山！"

　　阿坚伯看李志田一下子说了这么多，想要上前去制止住李志田，但是却被江水英给拦住了。李志田这还真是打开了话匣子，还真是停不住了，他还在继续指责着江水英："这且不说，现在，你又要开足闸门，提高水位。社员房子进水，你看也不看；三千亩大田要淹，你想也不想。你只知一个劲儿丢、丢、丢，却不管社员愁、愁、愁。"

☆阿坚伯想要去制止李志田，被江水英拦住。李志田继续指责江水英：
"这且不说，现在，你又要开足闸门，提高水位。社员房子进水，你看
也不看；三千亩大田要淹，你想也不想。你只知一个劲儿丢、丢、丢，
却不管社员愁、愁、愁。"

　　阿更觉得江水英不是李志田说的那样，这几天发生的
事情实在是太多，当时李志田又不在场，这样说江水英未
免有点太武断了，便上前劝阻李志田，谁想到李志田现在
谁的话，什么话都听不进去，只见正在气头上的李志田使
劲地把阿更一把给推开了。

　　李志田继续指着江水英，厉声责问道："你，对得起广
大的社员群众吗?！对得起同甘共苦的战友吗?！对得起生
你养你的龙江村吗?！"李志田一口气把憋在自己心里的话
一股脑都给说了出来，他自己哪里知道这都是他自己的一
面之词，如果他当时在现场的话，在当时的情势之下，他
也会做出和江水英一样的决断。

☆阿更上前劝阻李志田，却被他一把推开。李志田指着江水英，厉声责问："你，对得起广大的社员群众吗?! 对得起同甘共苦的战友吗?! 对得起生你养你的龙江村吗?!"

李志田不问青红皂白，一席措辞激烈的抨击，让了解江水英的社员们心痛不已。阿坚伯、阿更和社员们想要冲上去跟李志田理论，但是都被江水英制止了。江水英心里也知道，在李志田上山砍柴后，这里发生的情况他根本就不了解了，还有李志田这是听了常富和黄国忠的话之后，才有的这些强烈的反应，要不然的话，他的火气不会这么大。江水英对于李志田的指责，不但没有生气，反而依自己对李志田的了解，她认为这不是李志田自己的真实想法。

听完李志田说的话，大家都认为李志田这是误解了江水英，都纷纷为江水英觉得委屈。这时一个女社员实在是忍不住了，她替江水英感到非常的委屈，只见她快步跑到江水英的面前，伤心地扑到江水英的怀里抽泣着。江水英

☆李志田不问青红皂白，一席措辞激烈的抨击，让了解水英的社员们心痛
　不已。阿坚伯、阿莲、阿更和社员们想要冲上前跟李志田理论，但是都
　被江水英制止了。

　　面对战友的无情指责，既感到非常委屈，更为李志田思想
上掉了队，感到十分痛心，禁不住热泪盈眶。江水英强忍
着心中的委屈，诚挚地对李志田说道："志田，几年来，我
的工作距离党的要求，群众的期望，相差很远，做得还
不够。"

　　在场的社员们听到江水英说到这儿，看着江水英强忍
着的满眼泪光，感到十分痛心。因为在江水英带领着大家
的这几年里，大家还是很佩服她的。无论什么时候，无论
任何地方，只要是发生了状况，江水英都是和大家并肩在
一起战斗，直到问题或者障碍给解决掉。这时江水英缓步
走近李志田，看着李志田语重心长地接着说道："咱们是同
一岗位上的战友，是同根相连的阶级亲人。在抗旱这场斗
争中，我要是做得不对，你可以指出，我要是有错，你应

☆一个女社员替江水英感到委屈，伤心地扑到她怀里抽泣着。江水英
面对战友的指责，既感到委屈，更为他思想上掉了队，十分痛心，
禁不住热泪盈眶。她强忍着心中的冤屈，诚挚地对李志田说："志
田，几年来，我的工作距离党的要求，群众的期望，相差很远，做
得很不够。"

☆江水英缓步走近李志田，语重心长地说："咱们是同一岗位上的战
友，是同根相连的阶级亲人。在抗旱这场斗争中，我要是做得不
对，你可以指出，我要是有错，你应该批评。但是，咱们对毛主席
的教导，党的决定，决不能有半点含糊，更不能背道而驰！"

该批评。但是，咱们对毛主席的教导，党的决定，决不能有半点含糊，更不能背道而驰！"

　　江水英越说越激动，大家听到这儿，都觉得江水英说的很有道理。在这几年的工作中，江水英不但是这么说的，而且还是这么做的。她无论在工作中，还是在生活中，都是严格按着党的要求来要求自己，而且严格按着党的要求来做事的，绝没有掺杂着自己的一点私心杂念。江水英眼睛里含着委屈的泪水，继续说道："否则，那才是真正是对不起广大的社员群众！对不起同甘共苦的战友！对不起生我养我的龙江村！更对不起三年前帮助我们重建龙江村的阶级弟兄啊！"江水英抬眼望着"公字闸"，深沉地诉说着，"面对着公字闸，往事历历如潮翻滚，这一砖这一石铭记着阶级深情。"

☆"否则，那才真正是对不起广大的社员群众！对不起同甘共苦的战友！对不起生我养我的龙江村！更对不起三年前帮我们重建江村的阶级弟兄啊！"江水英眼望着"公字闸"，深沉地诉说着，"面对着公字闸，往事历历如潮翻滚，这一砖这一石铭记着阶级深情。"

江水英回溯着往事，当年的情景历历在目："三年前龙江村山洪迸发，暴雨倾盆，田地全部被淹，房子被冲毁，人们被困在了山顶，当时的情况危急万分。正在大家感到非常绝望的时候，忽然间红灯闪起来了，群情振奋，毛主席派三军来救江村。东海上开来了救生快艇，赠馒头送寒衣暖人身心。乡亲们手里捧着馒头热泪滚滚，毛主席的恩情比天高，比地厚，更比海洋深！"在场的每一个人都被江水英说的话给感动了，都如同又一次经历了那难忘的日子。

☆江水英回溯往事，当年的情景历历在目："三年前龙江村山洪迸发，暴雨倾盆，田地全淹尽，房被冲毁，人困山顶，危急万分。忽然间红灯闪群情振奋，毛主席派三军来救江村。东海上开来了救生快艇，赠馒头送寒衣暖人身心。乡亲们手捧馒头热泪滚，毛主席的恩情比天高，比地厚，更比海洋深！"在场的每一个人都如同又一次经历了那难忘的日子。

　　紧接着，江水英对李志田重新提起当年后山人帮助龙江村筑堤建闸的事情："战洪水，后山人不惜牺牲抢担重任，筑长堤，造大闸，万人合力重建龙江村。咱怎能好了

疮疤忘了痛？更不能饮甜水忘记掘井人！忆当年看眼前，
此情此景令人心疼实难忍。同志啊！战友哇！似这点小风
浪你尚且站不稳，更何谈为人类求解放奋斗终身！"等江水
英说完，大家都觉得江水英说得很有道理，而且句句是实
情，经历过那次大水的人，在脑海里都会很清楚地记得的。
而且谁都不会忘记，就好像发生在昨天一样。

☆江水英对李志田重提当年后山人帮助龙江村筑堤建闸的事情："战洪水，
　后山人不惜牺牲抢担重任，筑长堤，造大闸，万人合力重建龙江村。咱
　怎能好了疮疤忘了痛？更不能饮甜水忘记掘井人！忆当年看眼前，此情
　此景令人心疼实难忍。同志啊！战友哇！似这点小风浪你尚且站不稳，
　更何谈为人类求解放奋斗终身！"

　　江水英的话柔中带刚，字字千斤。感动着在场的每一
个人，大家的脑海里现在特别清晰的记得当时的非常危急
的情景，当然李志田也不例外。李志田也是经历了那场大
洪水的人，只见他这时终于被江水英的话给感动了，满眼
里都是泪水，看着江水英有点哽咽了。他现在终于意识到

自己刚才说的话是多么的荒唐！他现在真的很后悔，心里想着要是能把自己说的话给收回来该有多好啊！可是李志田的心里非常清楚，已经说出去的话是根本收不回来了。他看着江水英终于说道："水英，还是你的主意对呀！这闸门应当提高。"说着就要去提闸。

☆江水英的话柔中带刚，字字千斤，李志田颇受震动。他终于说："水英，还是你的主意对呀！这闸门应当提高。"说着就要去提闸。

　　常富一听要提高水位加大流量，赶紧上前，喊道："等等！让我回去先把家搬了，你们再动手吧。"

　　他的儿子宝成听了，赶紧对常富说道："得了，咱们家早就搬了！"

　　常富一听，觉得很奇怪，自己根本就还没有回家，怎么能把家已经搬了呢？他看着宝成纳闷地问道："谁搬的？"宝成看着自己的爹——常富接着说道："刚刚水英同志一进村，不顾自己家里已经进水，带着大伙抢先把五保户张大娘和咱们的家都搬到高处去了！"

常富实在是没有想到江水英能够这么做，听宝成说完，感动得对着江水英说道："哎呀，水英啊……"接着，他转身对着李志田说道："你们就开闸吧！"

☆常富一听要提高水位加大流量，连忙喊："等等！让我回去先把家搬了，你们再动手吧？"他儿子宝成说："得了，咱们家早就搬了！""谁搬的？""刚刚水英同志一进村，不顾自己家里已经进水，带着大伙抢先把五保户张大娘和咱们的家都搬到高处去了！"常富大为感动："哎呀，水英啊……你们就开闸吧！"

李志田这时想到了水英的家可能还没有搬，就转过身来，看着大家，说道："慢，咱们赶快把水英家的东西搬走！"

宝成听了之后，赶紧站了出来，因为给水英搬家的时候他也参加了，所以他看着李志田说道："我们已经搬了。"

李志田听了之后，又对大家说道："那赶紧把另外十几家提前搬走！"这时人群中的一个女社员站出来对大家说道："水英早就已经布置了，现在全都搬好了！"大家这时听了都被江水英这种为大家着想的精神所感动了。

李志田听了之后负疚地说道："哎呀，这些，我确实不知道哇！"

☆李志田说："慢，咱们赶快把水英家的东西搬走！"宝成说："我们已经搬了。""那赶紧把另外十几家提前搬走！"一个女社员说："水英早已布置了，现在全都搬好了！"李志田负疚地说："哎呀，这些，我确实不知道哇！"

这时阿坚伯看到了李志田自己已经开始感到负疚，阿坚伯的心里对李志田的表现今天实在是感到憋气，他从心里非常生气李志田竟然对江水英那样，想到这儿，阿坚伯就从人群中站出来，对李志田说道："你不知道的事情多着哪！你走之后，水英在大田日夜苦干，人都累病了。"接着，阿坚伯生气地反问李志田："这能说是说了不做吗?!"

阿更等阿坚伯说完，对于李志田对江水英的严厉质问，他的肚子里已经憋了一肚子要对李志田说的话，看到已经到了说出这些话的时候了，只见阿更这时也对李志田说道：

"她在回村的路上，就想到要把秧苗移到高处，准备以后排涝补种。这能说是对三千亩想也不想吗?!"

☆阿坚伯告诉李志田："你不知道的事情多着哪! 你走之后，水英在大田日夜苦干，人都累病了。"他反问李志田，"这能说是说了不做吗?!" 阿更也对李志田说："她在回村路上，就想到要把秧苗移到高处，准备以后排涝补种。这能说是对三千亩想也不想吗?!"

　　听阿坚伯和阿更对李志田的质问说完，站在人群中的一个女社员实在是忍不住了，只见她挺身而出，对着李志田批评道："水英姐回到村里，直接朝着低洼的住房户家奔去，组织我们搬家; 她还背着张大娘一步一步走到高地，安排住处。这能说是对社员的疾苦不问不看吗?!"

　　针对于李志田刚才对江水英的无情质问，这时大家已经把答案给李志田明确地解答出来了。让李志田也想想，他的那些针对江水英的质问是不是真的合适，是不是真的对? 此刻大家的心里都更加佩服江水英，她不但有细致的思维，顾全大局的表现，而且还有非常宽广的胸怀。

☆一个女社员也忍不住挺身批评李志田:"水英姐回到村里,直奔低洼住房,组织我们搬家;她还背着张大娘一步一步走到高地,安排住处。这能说是对社员的疾苦不问不看吗?!"

听了大家你一言我一语地述说,李志田惊呆了。他在内心里实在是没有想到真实的事情是这个样子的。当时因为自己已经离开村子五天了,对于这五天发生的事情他是一无所知,就只听取了黄国忠和常富他们俩说的一面之词。说实话,在离开几天之后,刚一走进村子,就听到了那样的事情确实会情绪激动的。但是李志田在自己的心里感到自己最不该的就是不相信江水英,竟然对江水英的所作所为产生了质疑。阿坚伯这时走上前,看着李志田语重心长的批评他:"志田,你想想,刚才你都说的些什么话哟!"

李志田这时已经彻底地意识到自己的错误了,只见他觉得愧痛不已,上前握住江水英的手,十分痛心地说道:"水英,我错怪你了!"江水英、阿坚伯、阿更和社员们的脸上都露出了欣慰的微笑。其实,在大家的心里也根本没

☆听了大家你一言我一语的述说，李志田惊呆了。阿坚伯语重心长地批评
他："志田，你想想，刚才你都说的些什么话哟！"

　　有怪李志田，因为大家和李志田共同处事这么多年，也都
知道李志田的为人处事。之所以李志田今天会这样，那是
他听了黄国忠的一面之词之后，才做出的错误的判断。要
是没有黄国忠在一边故意地挑唆，李志田也不至于做出这
样错误的判断。

　　正在这时，坝下突然传来喊声，不一会儿只见两个
社员押着黄国忠过来了。他们俩把黄国忠押到大家的面
前，其中一个社员对江水英说道："水英同志，你估计
得很对呀！这个家伙果然是狗急跳墙，偷偷溜去破坏大
坝……"

　　另一个社员接着说："不过他的奸计没有得逞，当场被
我们逮住了！"大伙儿听了之后既惊讶又气愤。

　　只见黄国忠不但不赶紧承认错误，还装作理直气壮地
样子，对在场的大家说道："你们不要冤枉好人！我这不是

☆李志田愧痛不已，上前握住水英的手，十分痛心地说："水英，我错怪你了！"江水英、阿坚伯、阿更和社员们的脸上都露出了欣慰的微笑。

☆坝下突然传来喊声，两个社员押着黄国忠走上来："水英同志，你估计得很对呀！这个家伙果然狗急跳墙，偷偷溜去破坏大坝，当场被我们逮住了！"大伙儿又惊讶又气愤。黄国忠装作理直气壮的样子说："你们不要冤枉好人！我这不是破坏，我是为大家着想！我不忍心乡亲们遭受这么大的损失啊！常富哥，大队长，你们是了解我黄国忠的！"

破坏，我是为大家着想！"说到这儿，黄国忠还在给自己找理由，还在给自己的下场找出路，只见他装作很痛心的样子说道："我不忍心乡亲们遭受这么大的损失啊！常富哥，大队长，你们是了解我黄国忠的！"正在这时，江水英对着黄国忠猝不及防地大喊一声："王国禄！"

黄国忠做梦也没有想到在这个地方会有人知道自己的这个名字，只见他听到喊声，下意识地答应："唉！"猛然间黄国忠意识到自己失口了，但是多年的隐藏经验告诉他，他必须赶紧镇定下来，不能在这个时候乱了分寸。就在一瞬间，黄国忠就强制着自己恢复了镇定。

这一微妙的变化，被细心的江水英给发现了。江水英转过身来，看着黄国忠，怒不可遏地说道："你不要再表演了！"

☆"王国禄！"江水英大喝一声，黄国忠下意识地答应："唉！"猛然感到失口，又强作镇定。江水英怒不可遏地说："你不要再表演了！"

江水英接着当众揭露了黄国忠的罪恶历史，对着严厉斥责道："解放前，你骑在人民头上，作威作福，霸水占田；杀人害命，铁案如山！解放前夕，你改名逃窜，潜伏多年，梦想变天，造谣惑众，挑拨离间，煽阴风，放冷箭，阴谋破坏，肆意捣乱！你是死心塌地的反革命，罪恶滔天！"大家听了之后，一时都惊呆了，他们实在是没有想到在他们身边多年的黄国忠，竟然是这样的一个人！不但隐藏得非常严密，而且搞起来破坏，大家是一点都没有察觉。

☆江水英当众揭露了黄国忠的罪恶历史，严厉斥责道："解放前，你骑在人民头上，作威作福，霸水占田；杀人害命，铁案如山！解放前夕，你改名逃窜，潜伏多年，梦想变天，造谣惑众，挑拨离间，煽阴风，放冷箭，阴谋破坏，肆意捣乱！你是死心塌地的反革命，罪恶滔天！"

　　常富在这次筑坝的行动中，是听了黄国忠的话的，听江水英把所有的事情都说清楚之后，他看着黄国忠感到非常气愤，只见他上前，对着黄国忠愤怒地惊呼："原来你是这么个坏家伙！"李志田更是怒火填胸，要不是黄国忠

的故意挑唆，他是怎么着也不会对江水英说出那样的话。只见愤怒至极的李志田，快步上前，一把抓住黄国忠的衣服领子，愤怒地说道："你这条毒蛇！"江水英这时喝令："把他押下去！"愤怒的群众一起振臂高呼："彻底清算斗争！"这时两个持枪的社员上来把黄国忠给押了下去。

☆常富惊呼："原来你是这么个坏家伙！"李志田怒火填胸，一把抓起黄国忠："你这条毒蛇！"江水英喝令："把他押下去！"愤怒的群众高呼："彻底清算斗争！"两个持枪的社员把黄国忠押了下去。

看着被押走的黄国忠的身影，李志田悔恨不已。他悔自己不该不经过慎重的思考就偏信黄国忠的一面之词；他悔自己不该不相信自己的同志——江水英；他悔自己不该对江水英同志说出那样的话。好一会儿，李志田才转过身来，痛心疾首地对江水英说道："我上了他的当！"

江水英见李志田也已经意识到自己的错误了，她看着

李志田语重心长地说道:"王国禄口口声声说什么他'是为大家着想!'他说的'大家'是咱们龙江大队吗?不是!他是为谁着想?"

☆看着被押走的黄国忠的身影,李志田悔恨不已。好一会儿,他才转过身来,痛心疾首地对江水英说:"我上了他的当!"江水英语重心长地说:"王国禄口口声声说什么他'是为大家着想!'他说的'大家'是咱们龙江大队吗?不是!他是为谁着想?"

接着江水英向李志田尖锐地指出:"他是为着他那个阶级!每个阶级都有自己的公与私,每个阶级都有自己的公私观。志田,敌人利用了你的私字,私字掩护了敌人!志田,咱们都是共产党员,可不能让敌人用咱们的手来达到他们的目的呀!"江水英的话说得真是句句是理,在场的大家听了之后心服口服,纷纷点头,觉得江水英的话是对的。大家都在自己的心里默默记住了,要在以后的日子里提高警惕。

☆江水英向李志田尖锐地指出："他是为着他那个阶级！每个阶级都有自
己的公与私，每个阶级都有自己的公私观。志田，敌人利用了你的私
字，私字掩护了敌人！志田，咱们都是共产党员，可不能让敌人用咱们
的手来达到他们的目的呀！"

　　江水英的话深深地触动了李志田的灵魂深处，他愧
恨交集地说道："一番话说得我又愧又恨，水英你挖出
了我的病根。我只当为集体担负责任，其实是扩大了的
私字迷住我的心。它使我目光浅危害革命，辜负了党的
期望，对不起阶级亲人。一阵阵的风雨啊，一层层的沉
痛教训，从此后永不忘阶级斗争，赤胆忠心为人民，奋
斗终身！"
　　常富听了李志田说的话之后，也羞愧地低下了头。李
志田这时望着江水英，也痛心和惭愧得低下了头。
　　听了李志田深刻剖析自己的话之后，江水英的心里
感到很欣慰。她觉得自己的工夫没有白费，只要能让他

☆江水英的话深深触动了李志田的灵魂深处，他愧恨交集地说："一番话说得我又愧又恨，水英你挖出了我的病根。我只当为集体担负责任，其实是扩大了的私字迷住我的心。它使我目光浅危害革命，辜负了党的期望，对不起阶级亲人。一阵阵的风雨啊，一层层的沉痛教训，从此后永不忘阶级斗争，赤胆忠心为人民，奋斗终身！"

们提高自己的认识，自己受点委屈又算得了什么。江水英这时已经不再责怪李志田了，热情地走近李志田。李志田低着头，等待着江水英的责怪。江水英这时拍了拍李志田的肩膀，指着前方，微笑着对李志田说道："志田，抬起头来，看，前面是什么？"李志田这时抬起头，顺着江水英手指的方向，认真地看了看，回答道："咱们的三千亩土地。"

这时江水英引着李志田踏上了水闸的石阶。江水英指着前方又对李志田说道："再往前看。"李志田又顺着江水英手指的方向，仔细地看了看之后，回答道："是龙江的巴

☆江水英热情地走近李志田。李志田望着江水英，惭愧地低下
　头。江水英拍着他的肩膀说："志田，抬起头来，看，前面是
　什么？"李志田认真看了看，回答说："咱们的三千亩土地。"

☆江水英引领李志田踏上水闸的石阶。江水英指着前方说："再往
　前看。"李志田看着回答："是龙江的巴掌山。"

掌山。"

江水英这时又引着李志田登上了闸桥。站在闸桥上，江水英手指着前方，对站在自己身边的李志田耐心地说道："你再往前看。"李志田这时踮起了脚尖，使劲地往前看去，见前面一望无际，什么也没有，就摊开了双手，对江水英说道："看不见了。"江水英听了之后，看着李志田寓意深长地对他说道："巴掌山挡住了你的双眼！"然后，江水英满怀激情地鼓励大家："抬起头，挺胸膛，高瞻远瞩向前方。莫教'巴掌'把眼挡，四海风云胸中装。要看到世界上多少奴隶未解放，多少穷人遭饥荒，多少姐妹受迫害，多少兄弟扛起枪。"

☆江水英又引领李志田登上闸桥："你再往前看。"李志田使劲地往前看去，摊开两手说："看不见了。"江水英寓意深长地对他说："巴掌山挡住了你的双眼！"然后，满怀热情地鼓励大家："抬起头，挺胸膛，高瞻远瞩向前方。莫教'巴掌'把眼挡，四海风云胸中装。要看到世界上多少奴隶未解放，多少穷人遭饥荒，多少姐妹受迫害，多少兄弟扛起枪。"

"埋葬帝修反，人类得解放。让革命的红旗插遍四方，插遍四方，插遍四方，高高飘扬！"江水英激情高昂的讲话使李志田和全体社员群众深受震撼。李志田这时激动地大声喊道："水英，开闸吧！"江水英这时庄重地宣布："开闸！"李志田马上大步地跑去开闸。大家大声地欢呼道："开闸喽！"一时间，江水奔流，众人齐呼，群情鼎沸！

☆"埋葬帝修反，人类得解放。让革命的红旗插遍四方，高高飘扬！"江水英激情昂扬的讲话使李志田和全体社员群众深受震撼。李志田激动地大声喊道："水英，开闸吧！"江水英庄重宣布："开闸！"一时间，江水奔流，众人齐呼，群情鼎沸！

第九章 丰收凯歌

夏收季节的早晨，绚丽的朝霞，烘托出火红的太阳。黄澄澄的田野，葵花朵朵，电柱成行，一片丰收的景象。收粮站的门口，两队旱区的社员，分别有盼水妈和后山民工带领，各自举着写有"龙江大队"字样的标旗，穿着节日的盛装，挑运着公粮一同走了进来。一个民工看着盼水妈，问道："盼水妈，您怎么来啦？"

☆麦收刚过。绚丽的朝霞，烘托着火红的太阳。黄澄澄的田野，一片丰收景象。收粮站门口，两支队伍都举着写有"龙江大队"字样的标旗，挑运公粮一同走进来。他们还互相询问对方："你怎么来啦？你来干什么？"可是又都不作正面回答。这时，粮站管理员问："你们都来干什么？"

盼水妈看着他问道："你怎么来啦？"

民工接着问道："您来干什么？"他们互相询问对方，

☆曾经在虎头岩上指挥爆破的后山民工，指着他带领的交粮队说："管理员同志，我们是龙江大队交公粮来了。"

☆这边，盼水妈也指着她带领的交粮队说："管理员同志，我们是龙江大队交公粮来了。"

可是又都不作正面回答。这时，粮站管理员过来了，看着他们问道："你们都来干什么？"

　　曾经在虎头岩上指挥着爆破的后山民工，指着他带领的交粮队对粮站管理员说道："管理员同志，我们是龙江大队交公粮来了。"

　　这时，盼水妈也指着她带领的交粮队对粮站管理员说道："管理员同志，我们是龙江大队交公粮来了。"

　　粮站管理员看着两队的标旗说道："龙江大队，龙江大队，你们到底哪一个是龙江大队呀？"

　　后山民工带领的队先说道："我们是龙江大队！"

　　盼水妈带领的队接着也说道："我们是龙江大队！"

　　后山民工队大声地喊道："我们是！"盼水妈队也大声地喊道："我们是！"两边的人都称自己是龙江大队。

☆粮管员问："你们到底哪一个是龙江大队呀？"两边的人都称自己是龙江大队。粮管员笑了："别吵，别吵！昨天来了几个龙江大队，今天又来了几个龙江大队。我看你们哪，都不是龙江大队。"众人异口同声说："我们是龙江大队！"此时，小红跑来说："奶奶，那边又来了一个龙江大队！"

　　粮站管理员看着他们笑着说："别吵，别吵！昨天来了几个龙江大队，今天又来了几个龙江大队。我看你们哪，都不是龙江大队。"

　　听粮站管理员这么说，众人这时异口同声地说道："我们是龙江大队！"

　　正在这时，小红急匆匆地跑过来了，来到盼水妈的面前，连忙说道："奶奶，那边又来了一个龙江大队！"

　　原来，是江水英、李志田、阿坚伯带领着龙江大队的社员，挑着公粮走进粮食管理站。大家意外相遇，格外欣喜，见到江水英来了，大家赶紧上前，热情地喊道："水英同志！"

　　粮站管理员这才笑着说："看，这才是真正的龙江大队！"

☆原来，是江水英、李志田、阿坚伯带领着龙江大队的社员，挑着公粮走进粮站。大家意外相遇，格外欣喜，热情地喊着："水英同志！"粮管员说："看，这才是真正的龙江大队！"但是，后山民工和盼水妈还是争着请求粮管员无论如何要收下他们的粮食。粮管员问："为什么？"

但是，后山民工和盼水妈还是争着对粮站管理员说道：
"同志，你无论如何要把我们的粮食收下。"后山民工队接
着说道："收我们的！"盼水妈队也说道："收我们的！"

　　后山社员们一起对粮站管理员说道："不能收他们的！"
粮站管理员看着他们，被他们给说糊涂了，问道："为
什么？"

　　盼水妈对粮站管理员说道："同志！今年遭遇大旱灾，
'龙江'淹田送水来。我队受益得高产，代他们交公粮该
不该？"

　　粮站管理员听了之后，觉得盼水妈说得很有道理，点
点头，说道："应该，应该。"

☆盼水妈说："同志，今年遭遇大旱灾，'龙江'淹田送水来。我队受益得
　高产，代他们交粮该不该？"粮管员点头："应该，应该。"

　　这时后山民工急忙上前拉过粮站管理员的手，说道：
"同志！'龙江'为我们受损害，代交公粮该不该？"

　　粮站管理员听了之后，也觉得很有道理，点点头，说

道："应该，应该。"

☆后山民工急忙拉过粮管员说："同志！'龙江'为我们受损害，代交公粮
该不该？"粮管员也点头称是："应该，应该。"

　　这时江水英来到了大家的面前，说道："同志们！'龙
江'淹田未受害，都只为八方支援，万人相助，排水整田，
送肥赠苗把秧栽。"
　　李志田接着说道："保卒保车又保帅，损失全部补回
来，自交公粮该不该？"
　　粮站管理员听了之后，高兴得直点头："应该，应该。"
　　龙江大队的社员们这时齐声说道："既然应该，那你就
收下吧！"
　　可是粮站管理员也有话要说："别忙，别忙，你们听我
说！'龙江'淹田受损害，县委指示早下来，交粮任务不把
他们派，我服从命令该不该？"
　　后山的社员们听了之后，点点头，齐声喊道："应该，
应该。"

☆江水英说："同志们！'龙江'淹田未受害，都只为八方支援，万人相
助，排水整田，送肥赠苗把秧栽。"李志田接着说："保卒保车又保帅，
损失全部补回来，自交公粮该不该？"粮管员高兴得直点头："应该，应
该。"龙江大队的社员们说："既然应该，那你就收下吧！"

　　粮站管理员微笑着说道："既然应该，那你们就全挑回
去吧。"所有的社员听了之后，都纷纷说道："我们既然挑
来，就不挑回去了！"

　　这种互相关心互相帮助的精神使江水英和李志田非常
感动。想了想，江水英向粮站管理员提议道："同志！交公
粮责任无旁贷，请把我队的收下来。"

　　龙江的社员们也齐声说道："你收下来。"

　　江水英接着向大家说道："我建议把其他的粮食作为余
粮卖。"

　　后山的社员们觉得江水英的这个提议很好，就一起说
道："对，对，对！作为余粮卖！"

☆可粮管员也有话说:"别忙,别忙,你们听我说!'龙江'淹田受损害,
县委指示早下来,交粮任务不把他们派,我服从命令该不该?"后山的
社员齐声说:"应该,应该。"粮管员说:"既然应该,那你们就全挑回
去吧。"所有的社员都说:"我们既然挑来,就不挑回去了!"

江水英接着向粮站管理员说道:"为国家多作贡献该
不该?"

☆这种互相关心互相帮助的精神使江水英和李志田非常感动。想了想,江
水英向粮管员提议说:"同志!交公粮责任无旁贷,请把我队的收下来。
我建议把其它的粮食作为余粮卖,为国家多作贡献该不该?"

粮站管理员看着江水英点点头，说道："应该，应该。"

这个建议提得非常好，大家看着粮站管理员齐声说道："那你就全收下吧！"说着就要挑起粮担。

粮站管理员看着他们说道："慢！你们的口粮都留足了吗？"

大家齐声答道："留足了！"

粮站管理员接着又问道："种子粮、饲料粮都留足了吗？"

大家答道："留足了！"

粮站管理员接着又问道："储备粮都留足了吗？"

大家答道："全都留足了！"

粮站管理员听了之后感动地说道："好哇，那就收购吧。你们这种共产主义风格，真值得我们好好学习！"

☆这个建议提得好，大家要求粮管员收下他们的粮食。粮管员得知各生产
队已留足了口粮、种子粮、饲料粮和储备粮，决定收购所有的粮食。粮
管员感动地说："你们这种共产主义风格，真值得我们好好学习呀！"

盼水妈紧紧握住江水英的手，说道："我们要向龙江大队学习！靠了龙江水，才有今年这样的大丰收。真是金水银水甘露水，比不上'龙江'送来的风格水呀！"

江水英听了之后，满怀激情地说道："江大海大天地大，比不上毛主席的恩情大！同志们，我们这次战胜百年未遇的特大干旱，全靠党的坚强领导，全靠战无不胜的毛泽东思想！"

☆盼水妈紧紧握住江水英的手说："我们要向龙江大队学习！靠了龙江水，才有今年这样的大丰收。真是金水银水甘露水，比不上'龙江'送来的风格水呀！"江水英满怀激情地说："江大海大天地大，比不上毛主席的恩情大！同志们，我们这次战胜百年未遇的特大干旱，全靠党的坚强领导，全靠战无不胜的毛泽东思想！"

大家同声赞美，载歌载舞："共产主义精神凯歌响，公字花开万里香。跟着伟大领袖毛主席，跟着共产党，永远革命，奔向前方！"

☆大家同声赞美，载歌载舞："共产主义精神凯歌响，公
字花开万里香。跟着伟大领袖毛主席，跟着共产党，永
远革命，奔向前方！

朝阳灿烂，光芒万丈。江水英高举起毛主席著作，带
领着大家奔向幸福、繁荣、昌盛的明天！

☆朝阳灿烂，光芒万丈。江水英高举起毛主席著作，带领
着大家奔向幸福、繁荣、昌盛的明天！

电影传奇

导演谢铁骊小传

谢铁骊，电影导演，国家有突出贡献电影艺术家。1925年生，江苏淮阴人。1940年入淮海军政干部学校学习。1942年加入中国共产党。曾任新四军文工团戏剧教员、第三野战军第三十军文工团团长。新中国成立后，历任北京电影学校表演系副主任，北京电影制片厂演员剧团副团长，北京电影制片厂副导演、导演，中国影协第二届常务理事、第三届副主席，中国文联第四届委员。是第五至八届全国人大常委，第七、八、九届全国人大教科文卫委员，中国电影家协会第六届理事会主席，中国夏衍电影学会会长，中国电影评论学会电视部高级顾问，《中国电影电视艺术家辞典》指导委员会主任委员，中国影视音像交流协会会长。执导多部电影作品，为中国第三代电影导演的代表人物。

谢铁骊15岁参军，跨进了革命队伍，1950年跨进了电影界。他先是在电影局艺术处处长陈波儿倡导建立并任所长的表演艺术研究所（北京电影学院前身）当了三年教员。

从招生到给学生讲课，自己还要读书学习，大量观摩中外影片，尤其是苏联影片，谢铁骊过得十分充实。后来的22大电影明星中，庞学勤、李亚林、张圆都是从这里走出去的，著名反派演员安镇江就是谢铁骊的学生。

1953年电影局演员剧团成立，田方担任团长，谢铁骊担任常务副团长。1956年，已经34岁的谢铁骊随着演员剧团的一部分人调入北京电影制片厂，先是做了两部电影的副导演，1959年独立执导了第一部影片《无名岛》，从此一发不可收，一路走下来竟也有了《暴风骤雨》、《早春二月》、《海霞》、《知音》、《包氏父子》、《红楼梦》、《清水湾、淡水湾》、《大河奔流》等三十多部影片，为新中国电影画廊增添了光辉的篇章，有些成为不朽的经典之作，而且培养启蒙了一批演员。如今，一些在影视话剧界大放异彩的优秀演员当年都是在谢铁骊的片子中完成了自己的处女作。

参与作品年表

《无名岛》 …………………………………… 1959 年

《暴风骤雨》 ………………………………… 1961 年

《早春二月》 ………………………………… 1963 年

《千万不要忘记》 …………………………… 1964 年

《智取威虎山》 ……………………………… 1970 年

《龙江颂》 …………………………………… 1972 年

《海港》 ……………………………………… 1972 年

《杜鹃山》 …………………………………… 1974 年

《大河奔流》 ………………………………… 1978 年

《今夜星光灿烂》 …………………………… 1980 年

《知音》 ……………………………………… 1981 年

《清水湾，淡水湾》 ………………………… 1984 年

《红楼梦》 …………………………………… 1988 年
《古墓荒斋》 ………………………………… 1991 年
《月落玉长河》 ……………………………… 1993 年
《天网》 ……………………………………… 1994 年
《金秋桂花迟》 ……………………………… 1995 年
《聊斋·席方平》 …………………………… 2000 年

摄影师钱江小传

钱江（1919－2005），电影摄影师，导演。浙江吴兴（今湖州）人。他是 20 世纪 30 年代电影女明星黎莉莉的兄弟、烈士钱壮飞的儿子。

1935 年后，钱江进入上海新华艺术专科学校美术系学习。1938 年后任中国电影制片厂录音员。1941 年入延安鲁艺美术系学习。后在延安电影团洗印新闻片。1945 年，他加入中国共产党。1946 年后任香港大光明影业公司美工师、华凤摄影场摄影助理。

新中国成立后，钱江任东北电影制片厂、上海电影制片厂摄影师。1954 年赴苏联莫斯科电影制片厂实习，1956 年回国，任北京电影制片厂摄影师、导演。钱江与朱今明、聂晶、高洪涛，曾被并成为北京电影制片厂摄影"四大师"。桑弧导演的我国第一部彩色故事片就是由他来掌镜的，他在水华导演的《林家铺子》中镜头的运用蕴含一定的意味，深沉、细腻又不失感染力。

他还曾担任中央新闻电影纪录片厂厂长，中国文联第四届委员，中国影协第四届理事，第五、六届全国政协委员。他的代表作有影片《中华儿女》、《白毛女》、《祝福》、《林家铺子》、《海霞》等，导演了《报童》等影片。著有《故事片的摄影创作》等。2005 年 4 月，钱江病逝。

钱江参与的电影

主演李炳淑小传

李炳淑安徽宿县人，14 岁入安徽宿县京剧团学戏，后调安徽蚌埠京剧团。1959 年又带艺入上海市戏曲学校深造两年，曾得言慧珠、杨畹农传授，后拜魏莲芳为师，又向张君秋学艺。自上海戏校毕业，成为上海京剧二团主要演员。她艺术上宗法"梅派"，兼取"张（君秋）派"之长。嗓音清亮甜润，唱腔委婉流畅，善于表演。常演剧目有《白蛇传》、《凤还巢》、《杨门女将》等。

1961 年她随上海青年京昆剧团到香港等地演出了，一场《杨门女将》的演出，她就被誉为"国剧之后的后起之秀"，"六十年代最杰出的梅派青衣"。李炳淑的《龙江颂》、《白蛇传》和《太真外传》等戏奠定了她在 20 世纪 70 至 80 年代京剧界的领衔地位。

1972 年，李炳淑主演的《龙江颂》样板戏电影拍摄完毕，喜欢京戏的毛泽东调看了影片，连声叫好。看过影片后，毛泽东兴致不减，1972 年 7 月中旬，他特地宴请了女

主角江水英的扮演者李柄淑。李柄淑向毛泽东当面直陈文艺现状的萧条。毛泽东说："百花齐放没有了"，"现在戏剧、文艺作品少了"。后来这些谈话通过不同渠道传播出来，并引发了首次"文艺整顿工作"。

1988 年李炳淑应联合国教科文组织邀请，举办"京剧艺术演讲会"，受到与会者赞誉。

1995 年 11 月第三届中国金唱片奖揭晓，李炳淑获戏曲曲艺类演员金唱片奖。

2006 年 1 月南北演艺名家迎春戏曲大反串晚会在东视文艺频道播出，李炳淑演唱了黄梅戏经典唱段"天仙配"。

主演李元华小传

李元华（1947－），回族，1947年3月19日出生于上海。中国歌剧舞剧院国家一级演员，民歌声乐协会副会长，享受国务院特殊津贴。历任中国戏剧家协会会员、中国音乐家协会理事、中国歌剧研究会会员、中国音乐学院客座教授、中国民族声乐学会副会长、文化部专业人才应聘资格考评委委员、文化部文华奖评委、文化部群星奖评委。

1966年，李元华毕业于上海戏曲学校，主攻京剧梅派青衣，副科昆曲，师从著名梅派青衣杨畹农、言慧珠、朱传铭老师；1967年调入上海京剧团《龙江颂》剧组，任主要演员；1977年调入中国歌剧舞剧院，任主要演员。

1994年，李元华被评为国务院文化部优秀专家。她多次荣获全国歌剧汇演一等奖、优秀演员奖、特别奖。曾随中国艺术家代表团、中国青年代表团出访，在法国的世界艺术节上被誉为"东方的夜莺"。1998年12月，任中国文

联艺术家演出团团长。

　　李元华主演过很多类型的作品，包括：古装京剧《女起解》、《玉堂春》、《宇宙锋》、《二进宫》等；现代京剧《龙江颂》、《沙家浜》、《海港》等；歌剧《兄妹开荒》、《夫妻识字》、《白毛女》、《江姐》等；影视作品有音乐故事片《北斗》、电影京剧现代戏《龙江颂》、电视连续剧《天宝轶事》等。

　　她还为很多电影电视演唱过插曲，包括《神秘的大佛》、《良家妇女》、《泥人常》、《丁龙镇》、《北斗》等，甚至还出版了录音歌曲专辑《中国歌剧选曲》、《中国古代歌曲》、《中华诗词歌曲》、《莲之恋》等。

主演刘异龙小传

刘异龙（1940—），昆剧表演艺术家，上海昆剧团国家一级演员，首届上海戏剧白玉兰表演艺术配角奖得主。上海市戏曲学校首届昆曲班毕业，工丑角。现为中国戏剧家协会会员、上海戏剧家协会会员。

刘异龙曾学过小生、武生、花脸、老生，并演过老旦，后来正式归入丑行，深得昆丑泰斗华传浩、王传淞、周传沧的真传，原汁原味地继承了老师们的表演艺术。学戏时，他悟性好，又认真肯学，学得最为扎实，因而能戏颇多。1961年，他毕业于上海市戏曲学校第一届昆曲演员班。20世纪60年代初即以《下山》一剧荣获1960年上海青年会演优秀表演奖。

演戏时，他在自己的表演中又融入了不少新的元素，清新、干净、雅致是他的表演特点，故被著名园林艺术大师陈从周美誉为"昆坛清丑"。刘异龙对昆曲艺术的贡献是多方面的，尤其是他丰富了昆丑语言念白，独创昆丑的川白、粤白、武汉白等极具地方语言特色的念白。

刘异龙年轻时曾为梅兰芳、俞振飞、言慧珠等多位京昆表演艺术家配戏，回忆起当年在戏校学习时的情形，他感慨不已："在这些老艺术家中，我和言慧珠合作的戏最多，要知道我现在能演老旦，也是多亏当初'言校长'挖掘了我。"原来当时19岁的刘异龙，虽然学了武生、小生、老生和花脸，却没学过老旦。当时言慧珠要演《墙头马上》，一眼相中了机灵聪颖的刘异龙，说让他演"乳娘"。真所谓"初生牛犊不畏虎"，虽然没正儿八经地学过老旦，刘异龙倒也不谦虚，就这么上了场，没想到好评如潮，他也就这么顺理成章地成了一度炙手可热的"小老旦"，就连著名京剧表演艺术家张君秋看了他的表演后，也直夸这后生扮相俊，可把刘异龙乐开了花。

他塑造了各种观众喜爱的人物形象，如《十五贯》中的娄阿鼠、《孙悟空三打白骨精》中的猪八戒、《长生殿》中的高力士、《枯井案》中的胡图、《潘金莲》中的西门庆，以及《下山》、《相梁刺梁》、《芦林》、《醉皂》等。《活捉》一剧荣获上海第三届戏剧节表演奖和花冠奖，被誉为"江南名丑"。他在《长生殿》中饰高力士一角，获第一届上海白玉兰戏剧表演艺术配角奖。获首届中国昆剧艺术节荣誉表演奖。

他还多次赴英国、美国、瑞典、丹麦、日本、新加坡、香港、台湾等国家和地区演出，深受观众喜爱。

电影背后的故事

1. 电影《龙江颂》的由来

1963 年福建漳州的位于九龙江上游的玉枕大队，牺牲局部利益抗旱。当地文艺团体根据这个故事创作了芗剧《碧水赞》。剧作者江文、陈曙等创作了话剧《龙江颂》。1964 年又被上海新华京剧团改编成京剧《龙江颂》。主线是歌颂共产主义风格。毛泽东夸奖它是："为八亿农民写了一出好戏"。

1967 年，"文革"中主抓上海文艺宣传的张春桥另行组建《龙江颂》剧组。这时，第一批"样板戏"已经敲定。经过王树元等人四年的反复修改，《龙江颂》的演出剧本在 1972 年 3 月的"两报一刊"上发表，正式入选"革命样板戏"之列。

在最初的京剧《龙江颂》中，龙江大队党支部书记叫郑强，是一位男书记。郑强的扮演者李永德是李炳淑的丈夫。江青将剧中的主角由一个男书记变成女书记，还加进了阶级斗争的线索。就这样，丈夫离开龙江大队，领导人们抗旱救灾的担子，一下子落到了妻子身上。

2. 出色的人物表现

李炳淑是一位出色的梅派青衣，20 世纪 60 年代初，她就凭着英姿飒爽的穆桂英一角在上海崭露头角，《龙江颂》中的水英一曲"一轮红日照胸间"更是让她唱红了大江南北。

扮演李志田的马名群，1958 年毕业于中国戏曲学校。在校学习期间曾受教于侯喜瑞、孙盛文、宋富亭、李春恒、李紫贵、周贻白等老师。以优异的成绩完成了八年学业，为其后来的艺术发展打下了坚实的基础。戏中的李志田是一个思想不够警惕，意志不够坚定的领导。这样的领导在样板戏中经常出现，他们常常会好了伤疤忘了疼，容易在反动分子的煽动下动摇，最终也会在主要英雄人物的帮助下，在败露的阴谋面前受教育。

李元华在电影中饰演阿莲的时候，正是 25 岁的大好年华。她虽然在戏中不是女主角，但是表演也非常出彩。这个朝气蓬勃、精力充沛的团支部书记，是当时许多优秀女青年的缩影。

《龙江颂》中的主要矛盾是大局和小局的矛盾，但没有像大多数样板戏那样以阶级斗争为主线。尽管如此，在剧本改编的过程中仍然增加了"阶级斗争"的成分，把烧窑师傅黄国忠改编成了暗藏的阶级敌人。在其中扮演黄国忠的刘异龙，1961 年毕业于上海市戏曲学校第一届昆曲演员班。他曾学过小生、武生、花脸、老生，并演过老旦，后来正式归入丑行，深得昆丑泰斗华传浩、王传淞、周传沧

的真传，原汁原味地继承了老师们的表演艺术。刘异龙年轻时还曾为梅兰芳、俞振飞、言慧珠等多位京昆表演艺术家配戏，得到这些艺术家的指点。

《龙江颂》由于得到了毛泽东的肯定，成为了样板戏影片成功的典范，被长影、上影等各个样板戏摄制组纷纷效仿。《龙江颂》公映以后，发行拷贝竟然达到6000个，创下了新中国电影发行历史上的一个奇迹。

3. 拍摄故事

为了更加近真实，拍摄电影的时候，对原戏作了一些修改。比如在抢险合龙那场戏中，在舞台上都是用绸子来表现江水。可是拍摄的时候，拍出来的效果都是太假。在电影表现中他们就做了修改，采用了叠印技术处理。他们先拍摄真实的水波，再将其做虚，再和演员的表演叠加起来，尽量追求"既还原舞台又高于舞台"。烟火的处理也是

如此。不过在风的处理上，难度就大了。在拍摄抢险合龙那场戏一开始的时候，用鼓风机来表现风大浪急、洪水汹涌，这样才有真实感。不过问题来了，演员开唱的时候鼓风机就得停下，要不然就得灌女主角江水英一嘴风。这样英雄人物张不开嘴，睁不开眼那效果岂不更差？为了解决这个难题，唱段两头有风，用远景表现狂风大作的场面，中间演唱部分多用近景和特写。这样观众的注意力就会集中到演员们的演唱上，不会特别注意到风的变化。

当然，电影素来有"遗憾的艺术"之称，《龙江颂》也有百密一疏的时候。在"烧砖窑"一节中出现了穿帮镜头，窑里的火没有避开，画面上清清楚楚地可以看出是红绸子，这与真的水景、烟景、风景极不协调。不过，这一点"遗憾"只能永远记录在胶片上了。

在拍摄《龙江颂》的时候，摄制组已经在样板戏拍摄上有了经验，胆子也大了起来。他们竟然"擅自"删减了在原作中发挥着几乎是不可替代作用的重要道具。比如第一场"承担重任"拿掉了彩霞，第八场"闸上风云"取消了太阳，理由是第一场表现新农村青年社员的劳动，如用彩霞，容易吃掉人物，为此改用蓝天白云，加了白色——梨树。第八场是全剧中的重中之重，谢铁骊导演来了一个先易后难。先拍摄较为容易的，等大家配合默契了，再拍摄重头戏。在当时，太阳有着特殊的含义，要在每个画面中都出现太阳是不好拍摄的，何况还要让太阳出现在构图的中间，更是难上加难。谢铁骊的摄制组，经过反复思量，把太阳改为了光芒，银幕效果极佳。

《龙江颂》在审查阶段破了例。在当时，江青是文艺界的"太上皇"。影片没有她点头，是不行的。可是《龙江颂》她还没有审看影片，影片就已经通过了。创造这个奇迹的是毛泽东。在影片审查期间，江青恰巧不在北京。毛

泽东素来喜爱京剧，得知影片杀青后，就通知调看影片。那天他的心情格外好，看了影片连声赞叹，"这个戏很好，让水不争水！龙江精神，这是共产主义的风格！这种品格、风尚只得提倡！"消息传出，江青也不便再说出什么反对意见了，只是对第九场提了一点鸡毛蒜皮的小改动："柳树为什么不动？"摄制组立刻重拍，柳树腰身一摆，全盘棋活。